„Saarland:Krimiland“
5 Autoren – 5 Fälle

Anthologie

SAARLAND KRIMILAND

Fünf Autoren – Fünf Fälle

UBV

Vorwort

Seit den achtziger Jahren wird in Deutschland geraubt, gemordet, entführt und erpresst, was das Zeug hält. Ganz Deutschland ist im Krimifieber. Damit sind nicht die überlieferten Kriminalromane aus England oder Amerika gemeint, sondern die Regionalkrimis, die vor der eigenen Haustür spielen. Die Liste der deutschen Autoren, die damals Jürgen Kehrer, Frank Schätzing und Jacques Berndorf angeführt haben, wird immer länger, die Geschichten, die sich um Mord und Totschlag drehen, immer raffinierter und aktueller.
Dem steht das Saarland in nichts nach.
Die echten, hartgesottenen Krimifans haben schon lange begriffen, dass eine Geschichte umso spannender ist, je vertrauter die Orte sind, an denen sie spielt. Schließlich gibt es nichts Spannenderes, als ein grausamer Mord vor der eigenen Haustür. Das kann zwar dazu führen, dass man sich nicht mehr allzu sicher in seiner Heimatstadt fühlt. Allerdings hat es auch seinen Reiz, den Tatort oder die Ermittlungsschauplätze aus dem Roman selbst zu erkunden. Ist der Mörder auf der Flucht über die Dillinger Schleuse gerannt? Wurde der Kommissar etwa am Großen Markt in Saarlouis angeschossen? Oder ist der Mörder noch in der Nähe?
Überall ist nur von Globalisierung die Rede. Aber

ausgerechnet der deutsche Krimi entwickelt sich in die entgegengesetzte Richtung – ein Phänomen, das allein schon Beachtung verdient. Dieser Trend hat mit der Liebe der Deutschen zu ihrer Heimat, mit Wiedererkennungswerten und Identifikationssuche zu tun. Schon im Namen steckt ein erster Hinweis. Nicht nur, dass die Region bekannt sein muss, in der die Geschichte spielt, sie muss auch ihre Besonderheiten, ihren Charme oder ihre rauen Seiten präsentieren.

Genau dafür ist das Saarland wie geschaffen.

Hier gibt es neben belebten Städten abgelegene Landstriche, neben stark befahrenen Autobahnen Höhlen und Schluchten, neben Kulturschauplätzen dschungelartige Wälder und neben dem öffentlichen Leben vieles, was niemals an die Oberfläche dringen soll – also alles, was gute Krimis ausmacht.

Schon seit dem Jahr 2000 befasst sich die Krimiautorin Elke Schwab mit dem Saarland-Krimi, hat ebenfalls charakteristische Kommissare erschaffen, die sich im Saarland großer Beliebtheit erfreuen. Und doch werden im Zusammenhang mit Regionalkrimis weiterhin die Regionen Eifel, Köln und seit neustem auch noch das Allgäu erwähnt.

Um das zu ändern, hat die Autorin nun die Krimigruppe „Saarland:Krimiland" gegründet. Denn das Saarland hat neben den regionalen Voraussetzungen auch viele Autoren, die sich inzwischen dem Regional-Krimi widmen und das Bundesland liebevoll mit Mord und Totschlag an allen Ecken und Kanten versorgen. Auch wenn man unserem Bundes-

land nachsagt, dort sei es beschaulich, so sorgt „Saarland:Krimiland“ dafür, dass die spannende Seite des Saarlandes immer mehr ins Bewusstsein der Leserinnen und Leser rückt. Dabei spricht die Krimigruppe nicht nur die eigenen Landsleute an – wenn auch überwiegend. Zusätzlich ist es ihr ein Bedürfnis, auch über die Landesgrenzen hinaus das Saarland bekannter zu machen. Dafür ist nichts zuverlässiger als der Regionalkrimi, die Heimat vorzustellen. Böse Zungen behaupten sogar, der „Regional-Krimi“ sei nur ein anderer Begriff für „Heimatbuch mit Leichen“.
Das versteht die Gruppe „Saarland:Krimiland“ aber anders.
Nicht nur die Heimat liebende Leserschaft greift zu "ihren" Regionalkrimis! Oft kommt es vor, in solchen Romanen eine neue Leidenschaft für bisher fremde Regionen zu entdecken. Das Kennenlernen neuer Landstriche und Gebiete im weiten Deutschland ist ebenso spannend wie die Neuentdeckung der bekannten oder ins Auge gefassten Urlaubsregion.
Genau dort wollen wir hin mit unserer Verbundenheit zur jeweiligen Region, zu den Problemen oder der Geschichte der Region oder der Vertrautheit der Leserschaft zu Schauplätzen und Lokalkolorit, was das Entdecken der eigenen Heimat oder eines interessanten Landstrichs im Saarland besonders reizvoll macht.
Wie tief der/die Autor/Autorin dabei auf diese Dinge eingeht, ist unterschiedlich. Manchmal werden

regionale Dialekte in die Dialoge eingearbeitet, dafür immer real existierende Straßen, Dörfer und Landstriche benannt, tatsächlich bestehende Probleme dieser Region erwähnt oder gar in die Handlung integriert und zu einem Hauptthema gemacht, wichtig können auch Vergangenheit oder Zukunft der jeweiligen Region sein.

Das haben sich nun fünf Autor/-innen aus dem Saarland zum Ziel gesetzt.

Inzwischen hat sich der UlrichBurger-Verlag (aus Homburg/Saar) auch darauf spezialisiert, Kriminalromane gezielt im Saarland anzusiedeln, um die saarländischen Krimifans zu seiner Klientel zählen zu können.

Die Krimigruppe „Saarland:Krimiland“, das sind Martin Frohmann, Heinz Draeger, Angelika Lauriel, Christian Bauer und Elke Schwab, will mit ihren Saarland-Krimis dem Saarland ein besseres Image verpassen und die Zeiten, in denen es hieß

„Hauptsach‘ gudd gess – gschafft hama schnell“

schnellstmöglich ins Land des Vergessens schicken. Im Saarland gibt es nämlich viel mehr zu entdecken und genau das graben die fünf Autorinnen und Autoren für Sie, lieber Leserinnen und Leser, aus, würzen es mit Mord, Totschlag und Lokalkolorit und wünschen Ihnen viele spannende Lesestunden und Neuentdeckungen im mordsspannenden Saarland.

„Saarland:Krimiland“ beginnt schon gleich mit fünf Kurzkrimis, die das Saarland aus fünf verschiedenen Blickwinkeln mit fünf verschiedenen Fällen von fünf verschiedenen Autoren/-innen vorstellt. Also wird Ihnen mit dieser Anthologie eine abwechslungsreiche, spannende und gleichzeitig heimatkundliche Lektüre angeboten, die Ihnen das Land und seine Leute hoffentlich näher bringt.

Bibliografische Information der Deutschen Nationalbibliothek: Die Deutsche Nationalbibliothek verzeichnet diese Publikation in der Deutschen Nationalbibliografie; detaillierte bibliografische Daten sind im Internet über http://dnb.d-nb.de abrufbar.

Besuchen Sie uns auf: www.UlrichBurgerVerlag.de

ISBN: 978-3-943378-13-9
1. Auflage 09/2013

Verlag: UlrichBurger-Verlag, Homburg/Saar
Coverbild: Fotolia © kristina rütten
Innenillustration: © viz4biz - Fotolia.com
Lektorat: Stephanie Kempin
Printed in Germany
Homepage Verlag: www.UlrichBurgerVerlag.de

Elke Schwab

Montagmorgen

Achim Maurer wachte mit starken Kopfschmerzen auf. Er öffnete die Augen, konnte aber nichts sehen. Erschrocken richtete er sich auf. Der Schmerz wurde stärker. Mit zitternder Hand fuhr er sich an den Kopf und ertastete eine dicke Beule.

Was war geschehen? Woher kam diese Beule?

Je länger er in der Dunkelheit ausharrte, umso deutlicher kamen die Erinnerungen zurück. Er war auf dem Weg zu seiner Nachfolgerin gewesen, der neuen Bürgerbeauftragten. Er wollte ihr noch vor Arbeitsbeginn die restlichen Akten vorbeibringen, die er an seinen neuen Arbeitsplatz mitgenommen hatte. Dort hatte er sie noch bearbeiten wollen, weil es ihm zuwider war, Unerledigtes abzugeben. Aber die Zeit hatte nicht mehr gereicht. Zu viele neue Eingaben waren täglich herein geflattert, die es zu bearbeiten galt, sodass er die Rückstände nicht mehr hatte aufarbeiten können.

Er hatte sich bei Karin Reuther dafür entschuldigen wollen, dass er ihren ersten Tag in ihrem neuen Amt schon gleich mit einem Berg Arbeit krönte.

Doch warum saß er stattdessen allein in dieser Finsternis?

Verzweifelt versuchte er, mit seinen Händen die Umgebung zu erkunden und herauszufinden, wo er war. Schnell stellte er fest, dass er auf dem Boden saß. Er erhob sich und taste die Wände ab, bis er auf einen Lichtschalter stieß. Den legte er um. Eine kleine, nackte Glühbirne spendete gerade so viel Licht, dass Achim Regale voller alter Aktenordner, Pappkartons, defekter Elektrogeräte und Toilettenpapier erkennen konnte. Er stöhnte, befand er sich doch tatsächlich im Abstellraum des Sozialministeriums.

Er wollte die Tür öffnen. Verschlossen.

Nervös suchte er nach einem Fenster. Zugenagelt.

Langsam stieg Panik in ihm auf.

Er versuchte tief durchzuatmen und nachzudenken,

als ihm etwas an die Ohren drang. Er konnte es zunächst nicht zuordnen. Also verharrte er ganz ruhig und lauschte. Da vernahm er es. Laut, deutlich und bedrohlich: ein Ticken.

Drei Tage zuvor

Horst Weisgerber spürte eine neu aufkeimende Euphorie, während er sich dem Sozialministerium näherte. Im gnadenlos überfüllten Wartezimmer des Sozialamtes war ihm vor einigen Wochen die Saarbrücker Zeitung in die Hände gefallen. Dort hatte er einen Artikel über den Bürgerbeauftragten des Ministeriums für Soziales, Gesundheit, Frauen und Familie gelesen. Nach dem Bericht bestand dessen Aufgabe darin, den Bürger bei der Wahrnehmung seiner Rechte gegenüber den Behörden zu unterstützen. Und diese Petition gehörte zur Abteilung für Soziales.

Das war seine letzte Hoffnung.

Ohne zu zögern hatte er eine Eingabe an das Büro

abgeschickt. Und nun hielt er ein Antwortschreiben in der Hand, mit dem er das Sozialministerium ansteuerte.

Seit einigen Jahren lebte er von Sozialhilfe, worauf er nicht gerade stolz war. Und an seiner Lebenssituation hatte sich nichts geändert. Der Betrag war lächerlich. Aber ohne dieses Geld hatte er gar nichts.

Und dann war das Unfassbare geschehen: Das Wenige hatte man ihm auch noch gestrichen.

Auf seine Nachfrage hieß es, er habe keinen Anspruch, weil er nicht hilfsbedürftig sei. Ständig hatte er die Beamten auf dem Sozialamt mit Fragen bombardiert, die sie ihm nicht beantworten konnten. Auf sein Drängen und Bitten war nichts geschehen.

Doch sie hatten diese Rechnung ohne ihn gemacht.

Horst ertastete den Brief des Bürgerbeauftragten in seiner Tasche – ein gutes Gefühl.

Er hatte Anspruch auf das Geld, das wusste er genau.

In den vielen Gesprächen, die er vor seiner ersten Antragstellung auf dem Sozialamt geführt hatte, war ihm mehrfach verdeutlicht worden, welche Voraussetzungen dafür galten. Er war nicht erwerbsfähig und lebte in Deutschland. Außerdem er hatte keinen müden Euro auf der hohen Kante, dessen war er sich ganz sicher. Und Familie … pah! Nur eine Ex-Frau, die ihm keinen Unterhalt zahlte, die ihn höchstens Geld kostete.

Sein Weg führte oberhalb der Stadtautobahn vorbei. Der Lärm erinnerte Horst an die Zukunftsplanung: „Saarbrücken, Stadtmitte am Fluss“. Damit wollte die Landeshauptstadt Saarbrücken erreichen, dass der starke Autoverkehr unterirdisch verlief und über Tage Grünflächen das Bild verschönerten. Ein Millionen-Projekt, nur um Touristen anzulocken!

Horst schnaubte.

Und für einen armen Mann wie ihn brachte diese Stadt noch nicht einmal den lächerlichen Sozialhilfebetrag auf!

Endlich gelangte er ans Ziel. Das Ministerium prunkte protzig vor seinen Augen. Er steuerte das hohe Gebäude an, als er auf einen Wegweiser stieß. Darauf stand, dass die Abteilung für Soziales ausgelagert worden war. Ein Pfeil zeigte auf ein Gebäude, das sich klein und unscheinbar dahinter duckte. Verdutzt ließ er seinen Blick über die antike Fassade wandern, die die Reste alter Skulpturen zierten. Hinter diesen Mauern befand sich also das Büro des Bürgerbeauftragten, dem Ansprechpartner für die sozialen Anliegen der Bürger. Seine Euphorie bekam Dämpfer.

Er trat ein und erlebte gleich die nächste Überraschung. Kein Pförtner weit und breit. Alle Türen unverschlossen.

Schulterzuckend ging er durch die erste Glastür und fand sich in schmalen, dunklen Gängen wieder. Keine Menschenseele zu sehen, die er hätte fragen können. Einen Wegweiser, wie er das von den Wänden der Arbeitsagentur oder des Sozialamtes her kannte, gab es hier auch nicht. Er ging den schmalen Flur entlang, bis er auf eine Tür stieß, die ihn direkt in eine Abstellkammer führte. Er wich zurück, knallte die Tür wieder zu und beschloss, jemanden zu suchen, den er nach dem Weg fragen konnte.

So erfuhr er, dass das gesuchte Büro eine Etage höher lag.

Die einzige Treppe, die nach oben führte, war alt und wirkte nicht gerade vertrauenerweckend. Die hölzernen Stufen ächzten unter seinem Gewicht verdächtig.

Im ersten Stock angekommen, fand er das Bürgerbüro zu seiner Linken. Überrascht schaute er sich um. Er versuchte sich zu orientieren und stellte fest, dass das Büro genau über der Abstellkammer lag. Hoffentlich hatten sie kein Loch im Boden, durch das sie die Anträge der Petenten direkt ins Vergessen fallen lassen konnte.

Mit gemischten Gefühlen ließ er sich auf einem der harten Sitzplätze nieder und wartete. Zu seinem Glück dauerte es nicht lange, schon ging die Tür zum Bürgerbüro auf. Heraus trat ein kleiner, schmächtiger Mann mit einem Umzugskarton.

Das sah nicht gut aus.

Montagmorgen

Jetzt war es um Achim geschehen. Mit einer Bombe in einem engen Raum eingesperrt zu sein, übertraf seine schlimmsten Befürchtungen. Voller Panik trommelte er mit beiden Fäusten gegen die verschlossene Tür. Nichts geschah. Wo waren die Kollegen denn alle? Sie mussten ihn doch hören.

Er lauschte an der Tür. Das Einzige, was er zu hören bekam, war dieses bedrohliche Ticken.

Da fiel ihm das zugenagelte Fenster wieder ein. Schnell lief er dorthin und hämmerte gegen die Bretter. Aber auch dort konnte er nichts ausrichten. In seiner Verzweiflung begann er, zwischen den Regalwänden auf und ab zu gehen. Beim Gehen konnte er immer noch am besten denken. Doch dieses Ticken machte ihn wahnsinnig. Ihm wollte kein vernünftiger Gedanke kommen.

Wieder hämmerte er gegen die Tür. Wieder geschah nichts.

Hatten sich alle gegen ihn verschworen?

Er brüllte so laut er konnte, hoffte, dass ihn endlich jemand hörte. Doch das einzige Ergebnis seines Brüllens waren noch stärkere Kopfschmerzen.

Plötzlich kam ihm ein weiterer Gedanke: Es könnte doch sein, dass sich die Kollegen einen Scherz mit ihm erlaubt und ihn mit einem simplen Wecker in der Kammer eingesperrt hatten - als kleines Abschiedsgeschenk sozusagen, weil er vom Sozialministerium zum Innenministerium wechselte …

Das gab ihm neue Hoffnung.

Hastig begann er, das Chaos von den Regalen zu räumen, je mehr er auf dem Boden türmte, umso lauter wurde das Ticken. Er griff nach einem defekten Faxgerät, um es zur Seite zu räumen.

Da sah er es: Es war kein Wecker! Und es war kein übler Streich. Es war ein kleines, verdrahtetes Bündel. Die Kabel hielten Dynamitstangen zusammen. Daran hing eine Zeitschaltuhr und tickte. Diese Bombe sah verdammt echt aus.

Was sie anzeigte, ließ ihm das Blut in den Adern gefrieren: Er hatte noch zehn Minuten.

Drei Tage zuvor

„Sind Sie der Bürgerbeauftragte?"

„Gewesen", murmelte der Angesprochene und wollte mit dem großen Umzugskarton weitergehen.

„Ich habe einen Termin bei Ihnen!" Mit diesen Worten stellte sich Horst Weisgerber dem Beamten in den Weg.

„Das kann nicht sein."

Doch Horst ließ sich nicht beirren. Er zog seine Einladung aus der Tasche des alten Mantels und hielt sie dem Mann direkt vor die Augen.

Endlich stellte der Beamte den Karton ab und las sich den Brief genau durch. Dann sagte er: „Hier, sehen Sie! Sie sind zum amtierenden Bürgerbeauftragten bestellt worden. Und das bin ich nicht mehr."

„Was soll das heißen?“

„Dass meine Amtszeit zu Ende ist. Ab Montag arbeite ich im Innenministerium.“

„Und wer ist dann für die Belange der Bürger zuständig?“

„Meine Nachfolgerin heißt Karin Reuther. Bei ihr können Sie sich um einen neuen Termin bemühen.“

Horsts Blick fiel auf das Schild neben der Tür. Deutlich prangten ihm die Worte Achim Maurer, Bürgerbeauftragter, entgegen.

„Aber heute sind Sie noch im Amt“, schlussfolgerte Horst. „Und jetzt werden Sie sich gefälligst meine Akte anschauen.“

„Das werde ich nicht tun“, widersprach Achim. „Ich bin nicht mehr befugt, in den Akten der Petenten zu lesen.“

„Aber Sie haben mich für heute hierher bestellt!“

„Das war ich nicht. Die Unterschrift ist nicht von mir.“

Horsts Geduld gelangte an ihre Grenzen.

„Ich bin ein Notfall“, brüllte er. „Schon seit Wochen bekomme ich kein Geld mehr ausgezahlt. Wovon soll ich leben?“

„Wenn Sie es schon wochenlang geschafft haben, ohne Geld auszukommen, dann schaffen Sie das auch noch dieses eine Wochenende.“

Plötzlich sah Horst Rot.

Mit einem festen Handgriff packte er den kleinen, dürren Mann am Hals und schob ihn durch die Tür in das Büro zurück, aus dem er gerade gekommen war.

„Sie werden jetzt und hier meine Akte heraussuchen und sich darum kümmern, dass ich mein Geld bekomme!“

Das Gesicht des Beamten lief rot an.

„Es wird Sie nur einen Anruf auf dem Sozialamt kosten, mehr nicht. Dazu werden Sie doch wohl noch in der Lage sein, oder?“

Unter Würgen und Stöhnen nickte der Beamte, woraufhin Horst seinen Griff wieder lockerte.

Eine Weile schnappte Achim nach Luft, bis er

wieder sprechen konnte: „Okay! Sagen Sie mir Ihren Namen.“

„Horst Weisgerber!“

Der Beamte tippte den Namen in die Tastatur ein. Horst stand direkt hinter ihm und konnte alles mitlesen, was auf dem Bildschirm angezeigt wurde.

„Sie sind Horst Weisgerber?“, wiederholte Achim.

„Das habe ich doch gesagt.“

„Hier steht, dass Sie nicht sozialhilfeberechtigt sind.“

„Das kann nicht sein“, widersprach Horst. „Ich habe früher mal in der Tiefbaufirma Krull und Co als Sprengmeister gearbeitet. Vielleicht finden Sie dort etwas.“

„Das hilft mir hier nicht weiter“, erklärte Achim mit belegter Stimme. „Ich habe Ihre Sozialhilfeakte aufgerufen und die ist unmissverständlich.“

„Ich werde hier nicht von der Stelle weichen, bis ich mein Geld bekomme“, beharrte Horst.

Achims Stimme klang immer nervöser. „Hier steht,

dass Ihnen keine Sozialhilfe zusteht. Das Gegenteil ist der Fall: Eine Rückforderung Ihrer bisher ausgezahlten Leistungen erwartet Sie. Das Schreiben geht in den nächsten Tagen an Sie raus."

„Eine Rückforderung?" Horsts Stimme überschlug sich. „Warum denn das?"

„Ein Sozialhilfebescheid kann bei verschwiegenem Einkommen oder falscher Mitteilung über die Vermögensverhältnisse zurückgenommen werden. In Ihrem Fall liegt ein Vermögen vor, das Sie nicht angegeben haben. Sie haben Sozialleistungen bezogen, ohne Anspruch darauf zu haben."

„Das stimmt nicht und das werden Sie jetzt und hier klären!"

„Da gibt es nichts zu klären."

Plötzlich wurde die Tür aufgerissen und zwei Männer stürmten herein. „Können wir dir helfen, Achim?", riefen sie mit einer Fröhlichkeit, die abrupt erstarb, als sie ihren Kollegen im Beisein des Petenten sahen.

„Das könnt ihr in der Tat“, sagte Achim schnell. „Herr Weisgerber möchte gern nach draußen begleitet werden.“

Bevor Horst verstand, was geschah, hatten die beiden ihn von rechts und links gepackt und hinaus in den Flur befördert.

„Sie gehen jetzt oder wir rufen die Polizei!“, stießen sie als Warnung aus. Dann schlugen sie die Bürotür zu und ließen ihn allein in dem dunklen Korridor zurück.

„Das könnt ihr nicht machen“, schrie Horst. Niemand reagierte, was ihn dazu veranlasste, noch wütender zu brüllen: „Das werdet ihr noch bereuen. Ich werde wiederkommen, dann könnt ihr eurer blaues Wunder erleben.“

Montagmorgen

Achim warf sich in seiner Verzweiflung mit seinem ganzen Gewicht gegen die Tür. Doch leider wog er nicht viel, weshalb er damit nichts ausrichten konnte. Die Tür gab keinen Millimeter nach. Sein nächster Gedanke galt dem zugenagelten Fenster. Mit dem richtigen Werkzeug könnte es ihm gelingen, die Bretter loszureißen. Also begann, er das Chaos zu durchsuchen, das er von den Regalen auf den Boden geräumt hatte. Mit jedem Locher, Tacker oder Briefbeschwerer, den er fand, schwand seine Hoffnung mehr.

Die Krimiserie „MacGyver“ fiel ihm zu seinem Ärger gerade in diesem Augenblick ein. Der Hauptdarsteller konnte sich aus jeder Situation befreien. Egal welcher Schrott ihm vor Verfügung stand, immer fand er eine Lösung. Mit Begeisterung hatte Achim fast alle Sendungen verfolgt. Doch dass er selbst einmal in solch einer Klemme stecken würde, daran hätte er nicht im Traum gedacht. Und umso ärmlicher empfand er sich selbst, da er trotz all dieser Dinge, die hier vor ihm lagen, nicht die geringste Idee hatte, wie er dieser Todesfalle rechtzeitig entrinnen konnte.

Das Ticken klang immer aufdringlicher in seinen Ohren. Seine Bewegungen wurden immer hektischer. Seine Hände zitterten. Er durfte jetzt nicht den Kopf verlieren! Wenn es ihm nicht gelang, aus dieser Kammer zu entkommen, flog er in wenigen Minuten in die Luft.

Dann sah er etwas, das ihn erstaunt innehalten ließ: einen langen Gegenstand unterhalb der Regalreihen. Euphorisch griff er danach und zog ihn mühsam hervor. Ein Brecheisen!

Er hob es an und stellte mit Schrecken fest, dass es schwer wie Blei war. Allein das Werkzeug zu heben, brachte ihn schon an seine Grenzen. Aber jetzt durfte er nicht schlappmachen. Er trug es zum Fenster und wollte gerade damit beginnen, die Bretter von der Wand zu lösen, als er ein lautes Pfeifen hörte.

Erschrocken ließ er das schwere Eisen fallen und schaute sich um. Er war immer noch allein in dieser Kammer. Kurz darauf ertönte eine Stimme, die nur Wortfetzen hervorbrachte. Sie klang blechern. Was hatte das zu bedeuten? Es dauerte einige Sekunden, bis er deutlich verstehen konnte: „Hier spricht die Polizei! Das Haus ist umstellt! Kommen Sie mit erhobenen

Händen heraus!“

Das klang wie Musik in seinen Ohren. Hoffentlich kam die Hilfe für ihn noch rechtzeitig.

Sein Blick fiel auf den Zeiger an der Bombe: Noch fünf Minuten.

Montagmorgen

„Bitte warten Sie noch einen Moment“, lautete die Begrüßung, als Horst Weisgerber am Montagmorgen das Büro der neuen Bürgerbeauftragten Karin Reuther betrat. Ihr Name prangte bereits in großen Buchstaben neben der Bürotür.

Doch Horst dachte nicht daran zu warten. Er hatte lang genug gewartet. Geräuschvoll warf er die Tür hinter sich zu.

„Was erlauben Sie sich?“, fragte sie.

Als sie sah, wie Horst die Tür hinter sich absperrte, begann sie laut um Hilfe zu schreien.

Mit einem Schritt war er bei ihr und hielt ihr den Mund zu.

„Sie sind Karin Reuther, richtig?"

Sie wackelte mit dem Kopf, was wie ein Nicken aussah.

„Ich werden Ihnen nichts tun, wenn Sie machen, was ich sage."

Reglos verharrte sie sie unter seinem festen Griff.

Horst überlegte, was der tun konnte. So würde er nichts erreichen. Also wagte er es und bot ihr an: „Wenn Sie ruhig sind, lasse ich Sie los."

Als Zustimmung nickte sie wieder mit dem Kopf.

Er ließ sie los und staunte. Die Frau verhielt sich tatsächlich ganz ruhig.

„Rufen Sie Ihren Chef an und sagen Sie ihm, was hier gerade passiert!", befahl er. „Und stell den Apparat auf laut, damit nichts hinter meinem Rücken gemauschelt werden kann."

„Den Abteilungsleiter?", hakte Karin Reuther verdutzt nach.

„Nein! Den Sozialminister!"

Karins Gesicht lief hochrot an.

Schnell griff sie nach dem Telefon, wählte die Nummer des Vorzimmers der Hausspitze und schaltete den Apparat auf laut. Zu ihrer Überraschung wurde sie rasch durchgestellt. Als sie den Minister am anderen Ende der Leitung hörte, wusste sie nicht, was sie sagen sollte. Fragend schaute sie auf Horst.

„Sagen Sie Ihrem Chef, er soll dafür sorgen, dass das Haus geräumt wird, weil ich eine Bombe installiert habe."

Karin schnappte nach Luft.

„Los, machen Sie schon!"

„Ich habe alles verstanden", ertönte es von der anderen Seite der Leitung. „Was ist passiert?"

„Stellen Sie keine Fragen, sondern sehen Sie zu, dass niemand im Haus ist. Ich will, dass es nur die erwischt, die es verdient haben."

„Wer sind Sie?"

„Ich bin der Petent Horst Weisgerber, der seine Rechte wahrnehmen will."

Dann drückte Horst auf die Telefongabel, und das

Gespräch war beendet. Anschließend kappte er mit einem Schnitt die Leitung.

„Und jetzt werden Sie in Ihrem Computer nach meiner Akte suchen."

Als Karin zögerte, zog Horst eine halbautomatische Beretta M9 9mm aus der Jackentasche und hielt ihr die Mündung direkt vors Gesicht.

Hastig begann sie auf der Tastatur zu tippen.

„Sie werden dem Sozialamt in Saarbrücken einen netten Brief mailen, in dem Sie mitteilen, dass mir mein Geld zusteht und sie damit aufhören sollen, mir diesen lächerlichen Betrag streitig zu machen. Und schon sind Sie mich los", sprach Horst weiter.

Geräusche schallten durch den Flur. Es waren Schritte, die sich entfernten. Karin hielt inne, wollte lauschen, doch Horst stieß sie unsanft an und befahl: „Komm in die Gänge! Wir haben nicht ewig Zeit. Die Bombe hängt nämlich an einer Zeitschaltuhr. Wenn ich die Uhr nicht abstelle, geht sie hoch."

Mit zitternden Händen tippte Karin weiter. Schon

nach wenigen Sekunden sagte sie: „Hier habe ich Ihre Akte."

Plötzlich pfiff es ohrenbetäubend, dann folgten einige Wortfetzen, bis ein Aufruf ertönte: „Hier spricht die Polizei! Das Haus ist umstellt! Kommen Sie mit erhobenen Händen heraus!"

Horst packte die Beamtin und zerrte sie vor das Fenster, um hinauszuschauen. Dort sah er ein Großaufgebot an Polizei, Sondereinsatzkräften und den Kampfmittelräumdienst.

„Sie können mich nicht aufhalten", schrie er. „Ich gehe erst hier raus, wenn ich mein Geld habe."

„Sie haben keine Chance, Herr Weisgerber. Das ganze Haus ist umstellt. Lassen Sie die Geisel frei und sagen Sie uns, wo Sie die Bombe versteckt haben", lautete die Antwort.

„Von wegen keine Chance" Horst schrie sich in Rage. „Meine Glückssträhne fängt gerade erst an."

Karins Gesicht war schweißnass. Horst konnte ihre Angst riechen.

„Wenn Sie machen, was ich Ihnen sage, passiert Ihnen nichts“, versprach er und zerrte sie wieder an ihrem Schreibtisch zurück.

Sie tippte etwas ein, betätigte die Maus, mit der sie verschiedene Seiten anklickte, die sich vor ihren und Horsts Augen auf dem Bildschirm öffneten und immer mehr Zahlen zum Vorschein brachte. Plötzlich schnappte sie ganz erschrocken nach Luft.

„Was ist los?“, fragte Horst ungeduldig.

„Hier steht, dass das Sozialamt Ihren Bescheid zurückgenommen und die Rückzahlung der zu Unrecht erbrachten Leistungen verlangt.“

„Warum sind Sie hier die Bürgerbeauftragte?“, fragte Horst mit hochrotem Gesicht. „Es ist Ihre Aufgabe, den Bürgern zu helfen, wenn sie von den Behörden über den Tisch gezogen werden.“

„Aber ich kann Ihnen nicht helfen, wenn Sie vermögend und in der Lage sind, sich selbst zu versorgen. Sie haben vorsätzlich falsche Angaben gemacht.“

„Das habe ich nicht.“

„Doch! Hier steht schwarz auf weiß, dass Sie im Besitz eines Mehrfamilienhauses in der Moltkestraße sind.“

Horsts Gesichtsfarbe wechselte von Rot in Kalkweiß.

„Das ist das Haus meiner Frau“, stöhnte er.

„Es ist aber auf Ihren Namen eingetragen“, stellte Karin klar.

Nervös ging Horst auf und ab. „Ich habe meiner Frau bei der Scheidung das Haus überlassen, damit ich nicht den Rest meines Lebens Unterhalt zahlen muss. Sie hat mir hoch und heilig versprochen, sich um die Änderung der Grundbucheintragung zu kümmern.“

„Das hätten Sie aber auch unterschreiben müssen“, erklärte Karin. „Und offensichtlich haben Sie das nicht getan.“

„Nein! Ich habe es wohl vergessen.“

„Wie lange ist das jetzt her?“

„Fünfzehn Jahre.“

„Irgendwie hat das Sozialamt von dem Haus erfahren“, stellte Karin klar.

„Ich verstehe nicht, wie die das herausfinden konnten, wenn ich es selbst nicht mehr wusste.“

„Vielleicht durch Ihre Frau. Wie heißt sie?“

„Anita Rech.“

Hastig tippte sie diesen Namen ein und rief: „Tatsächlich!“

„Was?“

„Ihre Frau hat vor einigen Wochen ebenfalls einen Antrag auf Sozialhilfe gestellt. Bei der Besitzfrage nach dem Haus hat sie den Grundbucheintrag als Beweis erbracht, dass das Haus auf Ihren Namen eingetragen ist. Und da Ihr Antrag auf dem Sozialamt bereits vorlag, wurden Ihre anfänglichen Angaben mit dem neuen Sachverhalt verglichen.“

„Jetzt tun Sie was dagegen oder wir fliegen alle in die Luft.“

Karin überlegte fieberhaft. Plötzlich riss sie ihre Augen weit auf und rief: „Okay! Ich weiß, wie ich Ihnen helfen kann.“

„Und wie?“

„Ich schreibe dem Sozialamt, dass Sie mir zugesichert haben, die Grundbucheintragung für das Haus umgehend ändern zu lassen. Gleichzeitig beantrage ich, dass die Rückforderung gelöscht wird und Sie Ihr Geld wieder ausgezahlt bekommen.“

„Sie sind verdammt gut“, lobte Horst.

„Mit einer Bombe im Keller habe ich die besten Einfälle.“

„Die ist nicht im Keller, die ist genau unter uns.“

Karin riss ihre Augen ganz weit auf. Mit brüchiger Stimme sagte sie: „Ich werde den Brief nur schreiben, wenn Sie die Bombe entschärfen.“

„Ich gebe Ihnen mein Ehrenwort!“ Horst richtete seine Beretta auf das Gesicht der Beamtin. „Im Gegenzug zu den Behörden halte ich, was ich verspreche!“

Die letzte Minute …

Achim versuchte erneut, mit der Brechstange das zugenagelte Fenster zu öffnen.

Vergeblich.

Die Bretter hafteten zu fest.

Inzwischen zeigte der Zeiger der Bombe nur noch fünfzig Sekunden.

Sein Puls raste.

Plötzlich hörte er Stimmen auf dem Flur.

„Treiben Sie keine falschen Spielchen mit uns, sonst …"

„Sonst was?" Ein hämisches Lachen ertönte. „Ich bin der einzige Mann, der die Bombe entschärfen kann"

Achim erschrak. Er erkannte diese Stimme sofort. Sie gehörte zu diesem aufdringlichen Petenten, den er am Freitag von seinen Arbeitskollegen aus seinem Büro hatte befördern lassen. Ihm verdankte er es also, dass er in der Abstellkammer mit einer Bombe eingesperrt war. Wie Schuppen fiel es Achim von den Augen. Horst Weisgerber hatte als Sprengmeister bei einer Tiefbaufirma gearbeitet. Seine unangenehme Begegnung mit diesem Mann hatte er inzwischen längst vergessen. Erst als er ihm heute Morgen begegnet war - in aller Herrgottsfrühe im menschenleeren Flur des Sozialministeriums - war Achim klar geworden, dass er den Querulanten unterschätzt hatte.

Dieser Mann hatte plötzlich eine Waffe gezogen und ihm auf den Kopf geschlagen, bevor Achim die Möglichkeit gehabt hätte, etwas zu seiner Verteidigung zu sagen.

„Die Bombe ist hier“, schrie er so laut er konnte.

„Wo kam das her?“ Die Frage drang leise durch die geschlossene Tür an sein Ohr.

„Aus der Abstellkammer.“ Achims Stimme überschlug sich. „Beeilen Sie sich! Hier ist die Bombe!“

Die Schritte kamen näher. Schon sah er, wie die Klinke nach unten gedrückt wurde. Hoffnung keimte in ihm auf.

Ein Blick auf die Bombe: Vierzig Sekunden.

„Entfernen Sie sich von der Tür!“

Achim trat zurück, schon zerbarst das Holz und ein in schwarz gekleideter Mann stand vor ihm.

„Wo ist die Bombe?“

Achim zeigte darauf.

Nur noch dreißig Sekunden!

Er wollte die Kammer verlassen, doch sie war zu eng. Die Beamten und der wahnsinnige Sprengmeister versperrten ihm den Ausgang.

„Scheiße! Die sieht verdammt echt aus“, stellte der Bombenexperte mit tonloser Stimme fest.

„Die ist echt“, drang es von hinten an sein Ohr.

Achims Panik wuchs. Er wollte sich an den Männern vorbeidrängen, um hinaus zu gelangen, doch niemand rückte auch nur einen Millimeter zur Seite.

Ein Blick auf die Uhr zeigte ihm noch zwanzig Sekunden an!

„Verdammt! Tun Sie etwas!“, brüllte er Beamte.

„Wie denn? Sie haben mich gefesselt.“

Fünfzehn Sekunden!

Der Beamte kramte hektisch in seiner Tasche nach den Schlüsseln für die Handschellen.

Inzwischen zeigte die Uhr nur noch zehn Sekunden

an.

„Die Zeit wird knapp“, stellte Horst fest.

Der Beamte fand den Schlüssel.

Die Uhr zeigte fünf Sekunden an.

Hastig drehte er den Festgenommenen um.

Nur noch vier Sekunden.

Er steckte den Schlüssel in das dazu gehörige Schloss.

Noch drei Sekunden.

Die Handschellen öffneten sich.

Zwei Sekunden.

Hastig zog Horst ein Messer aus seiner Tasche und wollte nach vorne springen. Doch der Beamte stellte sich ihm mit den Worten „Was soll das?“ in den Weg.

„Lassen Sie mich an die Bombe!“, brüllte Horst den Mann an, der daraufhin zur Seite ging.

Eine Sekunde ...

… die allen wie eine Ewigkeit vorkam. Schockstarr starrten sie auf die Zeitschaltuhr. In aller Deutlichkeit konnten sie Kabel in den Farben Rot, Gelb, Blau und

Grün erkennen. Das Messer in Horst Weisgerbers Hand durchschnitt das Blaue …

Martin Frohmann

Rost

Als Albert Sparer an diesem nasskalten, stürmischen Novemberabend exakt um 17.30 Uhr das Kontor des Stahlhandels verließ, war seine Welt aus den Fugen geraten. Überflüssigerweise machte ihn der Pförtner darauf aufmerksam, dass Sparer Überstunden hasste: »Pünktlich wie immer, Herr Sparer.«

»Stimmt genau«, sagte Albert Sparer bissig. »Auf Wiedersehen.«

»Tschöö dann, bis morje.«

»Morgen ist Samstag!«

»Oh ja, hab ich vergess', also isch werre jedenfalls do sin.«

»Schön für Sie!«, schnauzte Sparer, zog den Mantelkragen höher und stapfte ins regnerisch-nasse Saarbrücken.

Es blieben ihm drei Minuten, bis der Bus abfuhr. Nein, wegen des überflüssigen Gesprächs nur noch zweidreiviertel. Die Brückenstraße war vollgestopft, zahllose Autos quälten sich an der Baustelle vorbei. Er überquerte sie rasch und lief vor zur Bushaltestelle.

Der Bus kam nicht. Kälte schlängelte sich in seinen dunklen Mantel und schüttelte ihn, sodass er sich verkrampfte. War er doch zu spät und hatte den Bus verpasst? Mehrmals verglich er seine Armbanduhr mit der über dem Schaufenster auf der anderen Straßenseite. Kein Zweifel, beide Uhren gingen synchron. Ein Lastwagen mit holländischem Schriftzug bretterte vorüber. Ein Schwall Dreckwasser traf ihn mit einer Breitseite.

»Idiot!«, schrie er dem Laster hinterher, aber niemand kümmerte sich darum. Die Sekunden krochen viel zu langsam dahin. Die Angst hatte genug Zeit, über seinen Rücken hochzukriechen: *Hast du das richtig gemacht?*, fragte er sich. Jedes Auto, das um die Ecke der Einmündung bog, konnte die Polizei oder der Juniorchef sein. Inzwischen warteten schon fünfzehn Leute mit ihm auf den Bus.

Sparer wurde es noch kälter. *Was, wenn sie alles entdecken? Oder wenn sie aufkreuzen, bevor ich mit meinem Plan fertig bin?*

Endlich schlich aus der Ferne der Linienbus heran und drückte sich durch den dichten Verkehr. Sonst hielt er immer genau vor den Füßen des Buchhalters, aber ausgerechnet heute schlitterte er mehrere Meter zu weit. Albert Sparer brauchte einige Zeit, bis er das bemerkte und ärgerlich zur offenen Tür stampfte. Er zog seine Monatskarte aus der Innentasche seines Mantels und zeigte sie dem Busfahrer. Er hoffte, in Ruhe und einigermaßen trocken zu sitzen. Aber das war nicht gut. Er würde grübeln. Nachdenken war in seiner Situation das Gefährlichste, was er tun konnte.

Er näherte sich demselben Platz, den er für gewöhnlich beanspruchte, aber der war besetzt. Mürrisch ließ er sich auf der anderen Seite des Busses nieder und bereute es sofort. Neben ihm sortierte eine alte Frau ihre Einkäufe in einer großen Tüte eines Discounters. Er stand auf, hangelte sich stolpernd drei Reihen nach vorne. Er las seine Tageszeitung intensiv. Der Niedergang der Stahlbranche, ein Nachwort auf das Ende der Industrie. *Alles Blödsinn!*, dachte er. *Niemand hat eine Vorstellung davon, worum es geht, keiner recherchiert mehr richtig.*

Geld verdiente seine Firma schon lange nicht mehr mit hartem Stahl, sondern mit Lizenzen und Patenten und Bilanztricks der internationalen Rechnungslegung. Pah! Gewinne, die nicht existierten, Verträge, die das Papier nicht wert waren, auf dem sie gedruckt wurden, deren Wert in den

Büchern aber unheimlich aufgeblasen war. Heiße Luft. Wenn es nach dem jungen Rösler ging, sollte er einen Kurs belegen, um die Bilanz nach US-amerikanischen Gesichtspunkten zu erstellen. Sie glaubten, er müsste das erst lernen, doch längst schon hatte er sich das Wissen dazu angeeignet. »Betrüger!«, murmelte er. »Alles Aasgeier und Halsabschneider«. Am Hauptbahnhof stieg er aus und rannte zur Saarbahn. Direkt hinter ihm schlossen sich die Türen. Er setzte sich ans Fenster und starrte hinaus.

Wo waren seine Gedanken stehen geblieben? Ah ja. Die anderen waren die Bösen. Und er? *Ich bin Rost! Etwas, was man mit einer Stahlbürste abkratzen und mit Schutzfarbe versiegeln muss. Störendes Eisenoxid, das die Streben des Eiffelturms zum Einsturz bringen kann.*

Der Vergleich gefiel ihm. Jetzt bloß keinen Fehler begehen. Als er die Zeitung sorgfältig zusammengelegt hatte, war die Bahn am Riegelsberger Rathaus vorbeigefahren. So ein Ärger. Nun durfte er den Berg hinauf laufen. Er stand auf. An der nächsten Haltestelle trat er in den Novemberregen. Wütend stampfte er durch die Pfützen an der alten Post vorbei und die

Kirchstraße hinauf.

Noch ist Gelegenheit, alles wieder so herzurichten, als ob nichts geschehen wäre. War er zu weit gegangen? Und überhaupt, was, wenn es dennoch auffiele? Was, wenn er umkehrte? Zurück zu seinem Büro?

Der Pförtner würde sich zwar wundern, aber was sollte der sagen, wenn ihn später die Polizei fragen würde? Er musste sich erinnern, dass ausgerechnet an diesem Tag Albert Sparer zurückgekommen war.

Dicke Regentropfen liefen an ihm herunter. Viel nasser konnte er nicht mehr werden. Er wollte seine Haustür hinter sich schließen, die Welt aussperren. Erst etwas essen, dann der Abwasch, aufräumen, den Fernseher einschalten und zum Schluss ins Bett, wie all die anderen Abende zuvor. Aber zu seinem Heim war es noch weit.

Heute würde sich alles ändern. Im diesem lieb gewordenen Trott ging es nicht weiter. Er blieb stehen und wischte sich einen Wassertropfen von der Nase. Schräg gegenüber ragte die Backsteinkirche der evangelischen Gemeinde aus dem Regen. *Sie ist bestimmt verschlossen,* dachte Albert Sparer, aber etwas trieb ihn, durch die Holztür zu gehen. Sein Leben lang war er ein aufrichtiger ehrlicher Mensch gewesen, schon als Kind hatte er nie wissentlich die Unwahrheit gesagt, bildete er sich ein. Die Lehre als Buchhalter, dann der Eintritt in den Stahlhandel vor über 35 Jahren. Stets korrekt, immer ehrenhaft. Und dann dieser blöde Fehler. Wie hatte ihm das nur passieren können? Albert Sparer öffnete das Portal des Gebäudes. Er säuberte notdürftig die Schuhe an dem metallenen Abtreter, dann trat er ein. Die Kirche war leer. Keine Kerzen brannten vor dem Altar. An den Wänden fehlte jeder Schmuck. Er setzte sich in die letzte Reihe, direkt unter der Empore mit der Orgel und dachte nach, über sich, über seinen Lebensweg, über die Zukunft. Die Gedanken schwirrten umher. Eines Tages musste er sowieso sterben, warum also nicht heute?

Er könnte zurückgehen, den Brief aus dem Tresor nehmen und den, der in seinem Mantel steckte, nicht abschicken. Dann das Geld zurück transferieren und alles wäre wieder gut. Fast. Seine Entlassung war bereits entschieden. Seit der Juniorchef das Ruder übernommen hatte, wurden alle Tätigkeiten geplant und bewertet. *Wie kann man mich planen und bewerten? Vor allem, wenn ich solchen Mist fabriziert habe?* Albert Sparer sah auf das Kreuz im Altarraum.

Das geht schief!

Er hatte nicht die Kraft, das durchzustehen. Seine Finger zitterten. Die Seitentür ging auf und der Pastor - oder nannte man ihn Pfarrer? - kam mit einer Schar Kinder und zwei Frauen herein. »So!«, rief eine der Frauen und klatschte in die Hände. »Dann fangen wir an. Maria und Josef? In diese Ecke. Die Hirten dorthin.«

Albert Sparer sah entsetzt, wie sich der Raum mit Lärm und Leben füllte. Auch er war mal ein Hirte gewesen, aber das war lange her. Gabi war der Verkündigungsengel und brachte ihm die frohe Botschaft. Sie sah so traumhaft aus in ihrem weißen Kleid und den Flügeln, dass er glatt seinen Text vergaß. Damals lachten sie ihn aus. Ein Satz. Nur drei Worte sollte er sagen, aber sie kamen nicht über seine Lippen. Franz war es schließlich, der stolz verkündete: »Lasst uns gehen!« Er kannte den Text, er kannte Gabi und er war der Star des Abends. Albert Sparer erhob sich, von der Kinderschar unbemerkt. »Wo ist das Baby? Wo ist Jesus?«, hörte er den Pfarrer oder Pastor fragen. Dann war er draußen.

»Ich habe gesündigt«, sagte er leise vor sich hin,

immer wieder: »Ich habe gesündigt und keiner wird es mir verzeihen.« Aber es war doch richtig, oder nicht? Diesen Halsabschneidern hatte er es gezeigt. Sie würden alle auffliegen. Diese Betrüger, diese Steuersünder waren schlimmer als Schmarotzer und Räuber. Sie bestahlen alle. Witwen, Waisen, die Schwachen. Überhaupt alle. Man musste sie vernichten! Man musste ihnen zeigen, dass es so nicht ging. Niemals!

Albert Sparer schloss die Tür zu seinem Haus auf. Er zog den triefenden Mantel aus und stieg aus den Lederschuhen. Sorgfältig stellte er sie in Plastikschalen unter den Heizkörper, damit sie trocknen konnten. Er nahm den Lappen und rieb sie ab. *Wozu?*, fragte er sich. *Wozu trockene Schuhe? Weil ich mich nicht ändern kann, deshalb.*

Aus dem Fenster sah er auf das schräg gegenüberliegende Café. Da gingen doch tatsächlich einige Gestalten hinein. Er glaubte, eine Frau zu erkennen, die sich rasch vor dem Eisregen in Sicherheit bringen wollte.

Er warf den Umschlag auf den leeren, blanken Tisch. Die Verschlüsse seines schmalen Aktenkoffers klackten. Er war im Recht! Selbst wenn er Unrechtes getan hätte, er war bereit, zu sühnen. Ja, das war er. Niemand würde ihn richten können. Er war der Racheengel der Unschuldigen, der Verzweifelten und der Armen.

Der Plan war erst heute gewachsen, als er die alten Akten im Firmentresor suchte und dort diese unscheinbare Pappschachtel fand, die jetzt vor ihm auf dem Beistelltisch lag. Er öffnete sie und besah sich den Inhalt. Ehrfurchtsvoll nahm er den Revolver, kontrollierte die Trommel, spannte den Hahn und führte ihn in seinen Mund.

Schnell, dachte er, *ehe ich es mir anders überlege.*

Er schloss die Augen, spürte den widerlichen Geschmack des Metalls in seinem Mund. Der Lauf tief in seinem Rachen ließ ihn würgen. Das Waffenöl verursachte einen Brechreiz. Er zog ihn angewidert heraus und betrachtete ihn lange. Hatte er das Recht? Durfte er das wirklich tun? War es erlaubt, von blinder Wut und Hass getrieben, so etwas anrichten?

Aufrechte Menschen tun so etwas nicht, dachte er. Es polterte, als er die Waffe auf das Sideboard legte. Er ging zu dem Tisch mit dem Umschlag. Langsam nahm er ihn in die Hände und legte ihn dann doch neben die Waffe. Er schaffte es nicht, sein Testament zu zerreißen. Er zündete ein Feuer im schwarzen Böllerofen an. Auf die ersten Flammen warf er ein paar Briketts, als es an der Tür schellte.

Er reagierte nicht. Es klingelte wieder. *Ich bin im Recht!*, sagte er zu sich. Mühsam schleppte er sich in den Flur und streifte sich seine Pantoffeln über.

Er öffnete.

***

»Selbstmord?« Kommissar Dernbach steckte die Hände in die Taschen seiner Jacke.

»Sieht so aus. Er hat den Revolver in den Mund geschoben und abgedrückt. Ist seit mindestens 48 Stunden tot. Ich schätze, am Freitagabend vor Mitternacht.«

»Revolver!«, murmelte Dernbach. »Wer benutzt heutzutage noch Revolver?«

»Scheint antik zu sein. Aber er funktioniert. Offenbar ein Sammlerstück.«

»Toll, ein Wildwest-Fan. Irgendwas Verdächtiges? Habt ihr einen Brief gefunden? Gibt es Einbruchspuren?«

»Nein, Dieter, keine Spuren, weder an der Tür

noch an den Fenstern.«

»Das kann auch bedeuten, dass das Opfer den Täter gekannt hat.« Dernbach beugte sich vor. Der Kopf des Mannes war förmlich explodiert, anhand seines Gesichts vermochte man ihn nur noch schwer zu identifizieren. Angewidert wandte er sich ab. »Kann man den nicht zuhängen?«, fragte er.

„Gleich“, antwortete der Gerichtsmediziner und nahm mit einem Wattestäbchen Schmutzspuren vom Boden auf. »Gehören wahrscheinlich zu seinen Schuhen«, mutmaßte er.

»Nun ja, Holger. Warten wir es ab.« Dernbach besah sich das Stäbchen genauer, ehe es in einer Plastikröhre verschwand. Das war ihm lieber, als die Leiche anstarren zu müssen. „Rost“, murmelte Dernbach und wurde in seinen Gedankengängen unterbrochen.

»Hauptkommissar Dernbach?« Ein junger Mann sprach ihn an.

»Ach ja, Wenz, nicht wahr?«

»Lenz, Herr Dernbach. Kevin Lenz. Ist ja nur wegen des Praktikums.«

»Ich erinnere mich. Doktor Fischer hat Sie zu mir überstellt. Er meinte, Sie seien ein guter Mann.«

»Danke, Herr Hauptkommissar.«

»Ja, schon gut. Immerhin haben wir uns ja mal kurz an einem Sonntag kennengelernt.«

»Vor drei Wochen, um genau zu sein.«

»Da hatten Sie einen guten Riecher. In Zivil habe ich Sie nicht gleich erkannt. Also?«[1]

»Äh, was, bitte?«

»Selbstmord?«

Kevin Lenz sah sich um. Die kleine Wohnung war picobello aufgeräumt. Alles glänzte vor Sauberkeit, bis auf die dunkelbraunen Blutflecken und graue Hirnmasse, die die Wand sprenkelten.

»Die Wucht des Schusses hat ihn über die Stuhllehne gehoben.«

»Danke Holger.«

»Ah, Doktor Piccard, sehr erfreut.«

»Sieh da, der junge Wenz, guten Morgen.«

»Lenz, Herr Doktor, Kevin Lenz.«

»Ja, ja. Herr Fischer schwärmt von Ihnen.«

»Nun, der Polizeipräsident neigt, was das angeht, gerne zu Übertreibungen.«

---

[1] An dieser gibt es einen Bezug zur Kurzgeschichte auf der Internet-Seite http://saarlandkrimiland.de.tl/.

»Sie sind sein Neffe, nicht wahr?«

»Nein, unsere Mütter sind befreundet.«

»Ah ja, das Saarland ist klein. Wo kommen Sie denn her? Sie sprechen ja gar keinen saarländischen Dialekt?«

»Wenn isch will, konn isch dass ah!«

Der Gerichtsmediziner klopfte ihm lachend auf die Schulter. »Gut. Aber Ihr Deutsch ist akzentfrei.«

»Ich habe in Hamburg studiert.«

»Also, wie es aussieht, hat sich Albert Sparer selbst in den Kopf geschossen.«

»Davon bin ich nicht überzeugt, entschuldigen Sie.« Lenz streckte den Rücken gerade durch.

»Wie?«

»Er ist der Cousin des Nachbarn meines Vaters.«

Dernbach trat dazu: »Ja, ja, bei uns kennt jeder jeden. Aber das schützt ihn nicht vor Selbstmord.«

»Wie dem auch sei, ich glaube nicht, dass er sich umgebracht hat. Ich habe ihn gekannt«, erwiderte Lenz entschlossen. »Sagen Sie, kann man den nicht zudecken?«

»Ich bin fertig«, sagte der Mann mit der Kamera. Doktor Piccard entfaltete betont langsam ein großes blaues Tuch über dem Kopf von Albert Sparer.

»Daran gewöhnen Sie sich noch«, sagte der Arzt mit einem Grinsen im Gesicht. Dernbach zog Lenz von dem Stuhl weg und blickte aus dem Fenster: »Hatte er Verwandte?«

»Soweit ich weiß, nein.«

»Soweit Sie wissen!«, brummte Dernbach.

»Mein Vater hat nie etwas erwähnt und Erwin auch nicht. Seine Mutter kam 2001 bei einem Autounfall ums Leben und sein Vater starb 1997 in Italien an einem Herzinfarkt. Er hatte keine Geschwister, und, soweit uns bekannt ist, auch keine Kinder. Nur Erwin.«

»Erwin?«

»Unser Nachbar.«

»Na, dann auf zu ihm, befragen Sie ihn.«

»Habe ich schon auf dem Hinweg erledigt.«

Dernbach hob die Augenbrauen.

»Also, die Väter von Albert und Erwin Sparer waren Brüder. Erwin ist der Nachbar meines Vaters. Er hat meinen Vater angerufen, weil sein Cousin gestern nicht wie vereinbart zum Essen gekommen sei und er auch nicht erreichbar wäre. Mein Vater wiederum hat mich informiert. Darum bin ich heute Morgen zuerst zu Erwin Sparer, dann hierher und gegen 10.30 Uhr habe ich Sie alarmiert.«

»Geniale Kurzfassung einer langen Ahnenreihe!«, sagte Doktor Piccard beiläufig.

»Beruf?« Dernbach betrachtete interessiert die Möbel, fasste sie aber nicht an.

»Er war Buchhalter bei Rösler und Söhne.«

»Ah, was tun die?«

»Stahlhandel.«

»Im Saarland? Sie machen Witze. Die Stahl-Ära ist lange vorbei.«

»Wie man es nimmt, wir sollten nachfragen.«

»Ja, gut. Und, was noch?«

»Er hat dort seit seiner Ausbildung gearbeitet, seit 35 Jahren.«

»Wann ist er geboren?«

»Erwin meint, 1955.«

»58 Jahre alt«, sagte Holger Piccard. »Das käme hin.«

»Drohte ihm eine Entlassung?«

»Und wenn, dann wäre er arbeitslos, in zwei Jahren in Frührente und mit ein paar Münzen weniger sicher auch zufrieden. Das kann es nicht gewesen sein.« Lenz verschränkte die Arme vor der Brust.

»Na gut, Herr Wenz, dann zeigen Sie mal, was Sie

im Norden so gelernt haben. Was denken Sie? Wo fangen wir an?« Dernbach ließ ihn deutlich spüren, was er davon hielt, einen Grünschnabel an die Seite bekommen zu haben.

»Lenz, Herr Hauptkommissar.«

»Ob ich das noch lerne?« Dernbach grinste.

»Bei Rösler.«

»Wie?« Dernbach sah ihn verwirrt an.

»Seinem Chef. In Saarbrücken Burbach. Dort fangen wir an.«

***

»Albert Sparer?« Die Sekretärin sah ungläubig von ihrem Computerbildschirm auf die Ausweise.

»Wir würden gerne mit Ihrem Chef sprechen.« Dernbach steckte den Ausweis ein, Lenz hielt seinen noch eine Weile zwischen den Fingern eingeklemmt.

Die Frau rutschte unruhig auf dem Stuhl, schwitzte und rieb sich die Nase. »Herr Rösler ist nicht da.«

»Kann ich Ihnen helfen?« Eine elegante Frau Mitte dreißig kam auf die Polizisten zu. »Ich bin Céline Rösler«, hauchte sie und versuchte offensichtlich, sexy zu wirken. Dernbach grinste nicht und auch Lenz verzog keine Miene.

»Oh, ja, Hauptkommissar Dieter Dernbach und mein ...« Dernbach sah den Jungen an, »... mein Kollege, Kevin äh Lenz.« Lenz nickte lächelnd. »Guten Tag, Frau Rösler«, sagte er.

»Polizei? Und gleich mit einem Hauptkommissar. Was liegt an? Ist mein Mann gerast oder bei Rot über eine Kreuzung gefahren?«

»Können wir uns ungestört unterhalten?«

»Natürlich. Sabine? Wir sind im Büro meines Mannes. Bitte Kaffee für die Herren.«

Sie nahmen an einem Besprechungstisch Platz. »Also? Was darf ich für Sie tun?«

»Albert Sparer«, sagte Dernbach knapp.

»Unser Chefbuchhalter. Ja.«

»Wissen Sie, ob er private Probleme hatte?«

»Bedauere, aber um das Privatleben meiner Angestellten kümmere ich mich nicht. Ich glaube, das darf ich auch nicht, oder? Datenschutz und so. Und ... Moment, Sie haben gefragt, ob er Probleme hatte? Was ist passiert?«

»Ja. Also, um es kurz zu machen, wir haben seine Leiche heute Morgen in seiner Wohnung gefunden.«

»Sie haben seine ... wie bitte?« Céline Rösler blinzelte. »Entschuldigung. Aber ...«

»Wir vermuten Selbstmord«, sagte Dernbach schnell. Céline Rösler zuckte mit den Mundwinkeln und versuchte, ernst zu blicken. Lenz zog die Augenbrauen hoch und sah seinen Chef fragend an. Dernbach gefiel das. Es war die richtige Reaktion. Der Junge bemerkte genau wie er, dass die Emotion im Antlitz der dunkelhaarigen Frau falsch war. Es sah mehr nach Erleichterung als nach Überraschung aus.

»Aber ... wieso, ich meine ...«, stammelte sie.

»Wir suchen nach einem Grund, es gab keinen Abschiedsbrief.«

Die Sekretärin brachte ein Tablett mit Kaffeetassen und einer Kanne. »Sabine? Albert Sparer hat sich umgebracht.«

Es schepperte, als eine Tasse auf den Tisch knallte. »Verzeihung!«, sagte Sabine.

»Schon gut, war ja noch leer!«, erwiderte Lenz.

»Albert? Und ... Selbstmord?«

»Ist ihnen vielleicht bekannt, ob er privaten Stress hatte?«, fragte Dernbach.

»Nein. Nicht, dass ich wüsste.« Die Sekretärin sah hilfesuchend zu ihrer Chefin, die keinerlei Reaktion zeigte.

»Können wir die Personalakte sehen?«, bat Dernbach.

»Sicher. Sabine?«

»Ich kümmere mich darum.«

***

»Wenigstens der Kaffee war ausgezeichnet«, knurrte Dernbach im Auto, als er vom Parkplatz fuhr. »Nichts Neues, unauffällig, ehrlich, fleißig, kein Karrierist.«

»Immerhin wissen wir einiges«, widersprach der junge Polizist. »Ach ja?« Dernbach hasste es, von einem Grünschnabel verbessert zu werden.

»Er hat das Gebäude am Freitag pünktlich um 17.30 Uhr verlassen, wie jeden Tag, und ist zum Bus gegangen.«

»Das ist spät!«, sagte Dernbach. »Bei uns heißt es: ›Freitags um eins macht jeder seins.‹«Er gluckste über seinen Witz.

»Hat mein Vater früher auch immer gesagt. Das gilt schon lange nicht mehr.«

Dernbach drehte die Augen zur Decke. »Der

Portier hat jedenfalls nichts bemerkt.«

»Das meinte ich ja.«

»Wie?« Dernbach bog Richtung Mainzer Straße ab und fädelte sich rüpelhaft zwischen zwei Autos ein.

»Wenn er vorhatte, sich zu töten, dann müsste an diesem Tag etwas aufgefallen sein«, entgegnete Lenz.

»So was lernt man im Norden?«, murrte Dernbach.

»Ja, zum Beispiel.« Lenz sah aus dem Fenster.

»Wenn jeder Selbstmörder ein bestimmtes Verhaltensmuster hätte, dürfte kein Suizid klappen, man würde die Leute stoppen, zumindest die meisten«, warf Dernbach trocken ein. »Hinterher ist man immer schlauer!«

»Fahren wir noch mal in seine Wohnung«, schlug Lenz vor.

Dernbach überlegte. Der Verkehr vor ihm kam ins Stocken. Er bog rechts ab zur Stadtautobahn und fuhr nach wenigen Kilometern über die Westspange nach Riegelsberg.

Die Leiche war abtransportiert, Kreidelinien zeigten ihre Lage an, ein großer dunkler Fleck erinnerte an das Blut.

»Da waren die Kollegen ja mal richtig schnell«, stellte Dernbach fest.

»Die Schuhe, sehen Sie? Sie sind sauber geputzt.« Lenz betrachtete einige Plastikschalen im Flur.

»Ja und?«

»Am Freitag hat es geregnet und sie müssten schmutzig sein.«

»Ja und?«, wiederholte Dernbach gelangweilt.

»Ich meine, wenn er sich umbringen wollte, warum putzt er seine Lederschuhe?«

Dernbach horchte auf. »Ah, ich sehe, Sie beginnen, in meine Richtung zu denken.«

»Ihre Richtung?«

»Ja, meine Richtung. Weiter, was fällt Ihnen noch auf?« Dernbach bemerkte seinen Irrtum in dem jungen Mann. Er war cleverer, als er gedacht hatte, auch wenn er nur aufgrund seiner Beziehung zu ihm in die Mordkommission gekommen war und einem guten halben Dutzend hervorragender Polizisten vorgezogen wurde.

»Und wie sind Sie darauf gekommen?«, fragte Lenz stattdessen.

»Holger Piccard hat Dreck auf dem Boden gefunden, von Sparers Schuhen kann der demnach nicht stammen. Das ist meine Spur. Ich habe heute Morgen schon gemerkt, dass dieser Sparer ein äußerst penibler Mensch war. Seine Jacken sind aufgehängt. Alles ist ordentlich.« Dernbach hatte begonnen, die Schubladen aufzuziehen, aber er fand keine nennenswerten Beweisstücke. Lenz untersuchte das kleine Schlafzimmer. Ein gestreifter Schlafanzug lag säuberlich zusammengelegt auf der bunten Tagesdecke, die sich glatt über dem Bett spannte.

»In seinem Geldbeutel sind 48 Euro und 21 Cent«, rief Dernbach aus dem Wohnzimmer.

»Hier ist auch nichts.« Lenz schloss resigniert die Schränke und zog die Gummihandschuhe aus.

Das Handy des Hauptkommissars klingelte. »Ja? Ulli? Danke. Herr Lenz? Rösler ist jetzt im Büro.«

»Dann sollten wir zu ihm fahren.«

***

»Nun meine Herren, ich bin bereits aufgeklärt, Sie haben seine Akten?«

»Ja«, bestätigte Dernbach.

»Wenn Sie gestatten, würde ich gerne Ihre Dienstausweise sehen.«

»Oh, natürlich.«

»Ah ja, Dieter Dernbach und Kevin Lenz, Vielen

Dank.«

Sie nahmen ihre Ausweise aus der Faust des Geschäftsführers wieder in Empfang.

»Wenn ich weiterhelfen kann.«

»Es ist nur der Vollständigkeit halber«, sagte Dernbach. »Könnte er beruflich einen Grund gehabt haben, sich das Leben zu nehmen?«

»Nein, also nicht, dass ich wüsste.«

»Wurde er abgemahnt oder drohten Sie ihm?«

»Wie kommen Sie denn darauf?«

»Ich frage nur.«

»Nein, sicher nicht.« Rösler schüttelte den Kopf.

»Er hatte also weder eine unglückliche Liebe, noch betrieblichen Stress?«, fragte Lenz. Dernbach beobachtete den Mann während der Befragung genauer. Der Chef passte nicht zu seiner Frau. Rösler war fettleibig und hatte eine Halbglatze, die unter dem Licht des großen Fensters glänzte. Er wirkte unsportlich, ganz im Gegensatz zu seiner Frau, auch wenn beide etwa im selben Alter waren. Sein Maßanzug saß jedenfalls perfekt, das Jackett spannte sich glatt über ihn und verbarg die sicherlich fleischigen Arme.

»Unglückliche Liebe? Wie meinen Sie das denn?«

Er lehnte sich gefährlich weit im Lederstuhl zurück, der laut knarrte und knackte, aber nicht nachgab. Dernbach wartete darauf, dass der Mann mit einem dumpfen Knall auf dem Boden landete und seine Sekretärin ihm beim Aufstehen behilflich sein musste.

»Es hätte mit Sicherheit einen Abschiedsbrief gegeben«, erklärte Lenz mit sachlichem Ton, ohne den Geschäftsführer aus den Augen zu lassen.

»Ah, ja, verstehe, Sie ... Sie haben also keinen solchen ... Brief ... gefunden?«

»Nein, sollte es einen geben?«

Clever!, dachte Dernbach und horchte auf. Da war Lenz offenbar auf eine Mine getreten.

»Wie? Keine Ahnung. Sie waren in seiner Wohnung.« Die Reaktion von Rösler war hektisch und unbeherrscht, fand Dernbach.

»Können wir seinen Computer sehen?«, fragte er.

»Nun, äh, ich meine, das sind streng vertrauliche Daten. Die gesamte Buchhaltung, E-Mail-Verkehr und so weiter. Ich brauche da eine richterliche Anordnung.«

»Da haben Sie recht. Die werden wir einholen.« Dernbach griff nach seinem Handy und besprach sich mit seiner Mitarbeiterin so laut, dass der Chef des

Stahlhandelsunternehmens alles mitbekam. Demnach würde der Durchsuchungsbefehl nur noch eine Frage von Minuten sein. Rösler hatte seine Hände nicht unter Kontrolle, sie klopften unrhythmisch und nervös auf die Schreibtischplatte. Die Sekretärin servierte Kaffee, an dem sich die Polizisten bedienten.

»Dann warten wir auf die Anordnung zur Durchsuchung.« Rösler stand auf. »Wenn ich Sie bitten dürfte, so lange im Konferenzzimmer Platz zu nehmen.« Dernbach zog die Augenbrauen hoch. Er hatte sich gerade ausgeschenkt und stellte die volle Tasse zurück auf den Tisch. »Wie Sie meinen«, sagte er.

»Ich sorge selbstverständlich für Nachschub!«, versprach die Sekretärin.

»Den verbuchen wir bei uns als Schmierstoffe und Betriebsmittel.« Rösler lachte. »Ich hoffe, Sie verstehen den Begriff Schmierstoff nicht falsch, ich meinte ...«

»Kein Problem.« Dernbach sah Lenz an.

»Entschuldigen Sie, so sehr mir der Tod meines Mitarbeiters nahegeht, die Firma muss weiterlaufen!«

»Natürlich.«

Im Besprechungszimmer besah sich Dernbach alte

Fotos an den Wänden.

»Völklingen?«, fragte Lenz.

»Nein, das ist die alte Burbacher Hütte in Hochbetrieb. Das muss in den Siebzigern gewesen sein.«

Die Sekretärin brachte das Tablett mit dem Kaffee.

»Sagen Sie, Stahlhandel im Saarland, geht das noch?«, fragte Dernbach sie.

»Nun ja, die Saarstahl AG hat ihren Vertrieb ausgelagert, wie man so sagt.«

»Und Sie kaufen deren Produkte und handeln damit?«

»Wir sind Agenten.«

»Das bedeutet, wenn jemand Stahl will, kontaktiert er Sie, Sie verhandeln den Preis mit den Erzeugern und kassieren eine Provision?«

»Wenn es zum Abschluss kommt, ja.«

»Und Sparer? Hatte der was mit dem Verkauf zu tun?«

»Nein, der hat nur die Bücher geführt.«

»Ah!«, sagte Lenz und sah aus dem großen Fenster. »War er gut?«

»Wie meinen Sie das?«

»Nun, in seinem Job?« Dernbach nahm die Tasse von eben und schlürfte die heiße Brühe. *Genauso gut wie heute Morgen*, dachte er.

»Ich denke schon, er war über 30 Jahre im Betrieb, am längsten von uns allen.«

»Und der Chef?«

»Herr Rösler? Der ist erst seit zwei Jahren hier. Seit der Seniorchef an einem Herzinfarkt gestorben ist.«

»Ah! Und? Ist er ein guter Chef?«

»Nun, was erwarten Sie von mir als Antwort? Selbstverständlich! Er versteht sein Handwerk.«

In diesem Augenblick flog die Tür auf. Ein Mann in einem weißen Pulli und dunkler Anzugshose stürmte herein, er hatte keine Augen für die Polizisten. »Sabine. Ich muss mit dir redde.«

»Doch nicht jetzt, Karl.«

»Doch, das do geht zu weit, was denkt der sich?«

»Karl. Mir hann Besuch.«

»Guten Tag, die Herren. Wie um alles in der Welt ...« Karl zog die Frau nach draußen und hielt die Tür einen Spalt offen. Lenz war sofort an dem Schlitz und lauschte. »Wie will der do mit nem Schema mei Arbeit bewerte? Das iss unmöglich. Und mei Gehalt soll dran hänge.«

»Karl, das ist nitt der geeignete Zeitpunkt.«

»Du bischt Betriebsrätin. Unternimm was.«

»Joh! Isch komm joh schon.« Sie riss die Tür auf. Lenz drehte sich reflexartig zu einem Bild und schien es zu betrachten. »Entschuldigung, Herr Kommissar. Also Karl, das kannst du so nitt mache.« Sie schloss die Tür und war verschwunden.

Dernbach sah Lenz an. »Wie bei uns: Bewertungen über Bewertungen. Oh, Sie haben diese Ablage aber schön angelegt. Zwei Pluspunkte. Wie böse, dieser Sittenstrolch läuft immer noch frei herum, minus drei. Und dieser Papierkorb ist sauber aufgeräumt. Einen Punkt. Was kommt dabei raus?«

»Null!«, sagte Lenz.

»Wie?«

»Bei der Rechnung kommt eine Null heraus.«

Dernbach lachte: »Ja, wahrscheinlich. Hm, die führen also ein Bewertungsschema ein und wollen die Löhne danach richten.«

»Wo hatte Sparer eigentlich sein Büro?« Lenz öffnete die Tür.

»Vorsicht, wir haben noch keinen Durchsuchungsbefehl.«

»Wir fragen ja nur. Wir ermitteln.« Lenz ging zu einer Tür und las das Schild. Erst an der vierten Tür fanden sie: »Buchhaltung«. Er klopfte und trat ein.

»Guten Tag, Sie wünschen?« Eine junge Frau mit langen, schwarzen Haaren sah sie freundlich an.

»Wir sind von der Polizei.« Dernbach hielt seinen Ausweis hoch. »Dernbach und Lenz.«

»Ah, wegen Albert, nicht wahr?«

»Ja. Genau.«

»Kommen Sie, setzen Sie sich.«

»War das hier sein Büro?«

»Nein, das ist nebenan.«

»Ich bin fertig!«, sagte ein Mann mit einem pickeligen Gesicht, der in dieser Sekunde aus dem Büro des Chefbuchhalters kam. Er schien der Pubertät gerade entronnen. »Der PC ist ...«

»Klaus!«, rief sie entsetzt, »Die Herren sind von der Polizei.«

»Ah. Also ich ... habe den PC ...«

»Sie haben ihn doch nicht gelöscht? Oder?« Dernbach war aufgesprungen.

»Nein, ich meine, ich ...«

»Gesichert, für den Fall, dass Sie ihn mitnehmen möchten«, sagte die Buchhalterin schnell.

»Warum sollten wir ihn mitnehmen wollen?«, fragte Dernbach,

Lenz hakte nach: »Warum haben Sie das gemacht?«

»Nur zur Sicherheit. Wir müssen ja weiterarbeiten, Sie verstehen?«

»Ja, das hat heute schon mal jemand gesagt.« Dernbach betrat das Büro. Auf dem Bildschirm waren die Icons verschiedener Programme.

»Sagen Sie, Frau, äh ...«

»Schneider.«

»Frau Schneider, nach welchen Maßstäben wollte Herr Rösler denn die Leistung eines Buchhalters beurteilen?«

»Nach dem Kenntnisstand. Albert sollte eine Zusatzqualifikation machen, zum internationalen Bilanzbuchhalter, aber er weigerte sich. Er meinte, das brauche er nicht und er wäre zu alt.

»Und Sie?«

»Ich? Ich bin zertifizierte Bilanzbuchhalterin IFRS.«

»Ah und dieser Verein, dieser IFRS, der bildet aus?«

»Nein. Das ist der Begriff für internationale Bilanzierung.«

»Und das unterscheidet sich vom deutschen

Recht?«

»Gewaltig.«

»Können Sie mir einen Unterschied nennen?«, fragte Lenz.

»Nun, also wir haben hierzulande das strenge Niederstwertprinzip. Die Amis kennen nur den Fair Value.«

»Ah ja, verstehe! Den wirtschaftlichen Wert«, sagte Lenz.

»Sie ... äh ... verstehen?« Frau Schneider sah den jungen Polizisten skeptisch an.

»Im Deutschen bewertet man Vermögen nach dem niedrigsten Preis, den es gibt. Kauft man etwas für 1000 und es hat später den Wert 800, so muss man es abschreiben.«

»Korrekt.«

»Steigt der Preis aber auf 1.200, dann darf man nur 1.000 in der Bilanz zeigen.«

»Genau, Sie kennen sich aus?«

»Nach dem internationalen Recht müsste man im zweiten Fall 1.200 in die Bilanz ansetzen, nicht wahr?«

»Ganz recht, das kommt natürlich auf verschiedene Umstände an.«

»Und die 200 wären Gewinn?«

»Ja.«

»Obwohl kein Geld geflossen ist, rechnet man sich reich.«

»Nun so einfach ist das nicht, aber das Prinzip ist richtig.«

»Und wer zwingt Sie, nach solchem Recht vorzugehen? Ich meine, wir sind in Deutschland und Sie scheinen mir, bei allem Respekt, kein globaler Konzern zu sein.«

»Die Auftraggeber bestehen darauf.«

»Aber Sie verhandeln doch nur mit Kunden? Ich meine, sie dürften kein Vermögen besitzen? Außer diesem Haus, vielleicht.«

»Wir haben Kontrakte.«

»Und damit handeln Sie?«

»Nein!«, Frau Schneider lächelte. »Aber wir bewerten sie.«

»Und nach I ... F«

»IFRS«

»Und danach ist ein Vertrag zu ... bilanzieren?«

»Ja, als Finanzinstrument.«

»Klingt kompliziert.«

»Ist es auch, darum ja die Zusatzqualifikation.«

»Meine Herren!« Herr Rösler stand in der Tür. »Bitte warten Sie doch auf die richterliche Verfügung.«

»Oh, wir haben nichts angefasst«, wehrte Dernbach sich.

»Gut, ich weiß nicht, auf was sie hinauswollen. Ich finde, das geht zu weit.«

»Wir ermitteln in einem Todesfall.« Dernbach baute sich auf, was Rösler nicht beeindruckte.

»Selbstmord«, widersprach der.

»Wir sind nicht sicher«

»Sie haben es aber behauptet. Ich denke nicht, dass unter diesen Umständen Richter Hostenbach einen Durchsuchungsbefehl unterschreiben wird.«

»Ach, Sie kennen ihn?« Lenz zeigte sich überrascht.

»Ihrem akzentfreien Deutsch entnehme ich, dass Sie nicht von hier sind. Hierzulande kennt jeder jeden!«, sagte Rösler.

»Eine letzte Frage habe ich.« Dernbach ging auf Rösler zu. »Womit handeln Sie?«

»Mit Stahl.«

»Und mit was noch?«

»Wie, mit was noch?«

»Handeln Sie auch mit Fertigprodukten?«

»Was meinen Sie? Ich verstehe Sie nicht.«

»Produkte aus Stahl?«

»Natürlich: Schienen, Platten, Formteile, Röhren und ...«

»Ja?«

»Lizenzen und Patente.«

»Ah, Sie verwalten also Patentrechte?«

»So in der Art.«

»War Herr Sparer in ihre Geschäftspraktiken eingeweiht?«

»Ich bitte Sie, er war mein Chefbuchhalter. Er kannte den Laden in und auswendig. Es gab keine Transaktion, die er ...« Rösler schluckte, »... nicht ausgiebig behandelt hat.«

»Verstehe. Guten Tag.«

»Ich begleite Sie hinaus. Entschuldigen Sie, aber ich finde das etwas übertrieben. Ich meine, der Mann war anscheinend krank, litt an Depressionen oder so.«

»Wer sagt das?«

»Na, wenn man sich umbringt?«

»Bis zum Ende unserer Ermittlungen ist nichts sicher!«, sagte Lenz.

***

Lenz und Dernbach schauten sich in Sparers Wohnzimmer um, sie drehten sich im Kreis. Inzwischen war es vier Uhr geworden. Der November tat sein Bestes, das miserable Wetter aufrecht zu halten.

»Wir haben etwas übersehen«, brummte Dernbach.

»Ich denke, wir sollten eine Mordkommission gründen und gemeinsam an die Aufklärung gehen.«

»Dafür brauchen wir einen Beweis, dass es Mord sein könnte, mein lieber Lenz.«

»Oder einen Verdacht!«

»Ich habe Hunger!«, beschwerte sich Dernbach.

»Weiter unten an der Kirche ist eine Pizzeria. Die soll sehr gut sein! Woher hatte er die Waffe?«

»Die Ballistiker sind noch dran«, antwortete Dernbach. »Auf ihn war kein Revolver zugelassen, das Ding war zudem sehr alt. Auf zehn Meter hätte das nicht mehr getroffen.«

»Trommelrevolver, wo gibt es denn noch so was?« Lenz fand den Aktenkoffer und öffnete ihn. »Leer!«

Dernbach zog erneut alle Schubladen auf.

»Hatte er eine E-Mail-Adresse?«

»Keine Ahnung. Ein Handy hatte er nicht. Auch keinen Computer.«

Es klingelte. Dernbach sah zur Tür. »Post!«

Der Briefträger stand im Rahmen. »Hallo Kevin.«

»Thomas. Grüß dich.« Lenz sah überrascht auf den Mann.

»Was machst du denn hier?«

»Polizei!«, sagte Lenz und zeigte einen Dienstausweis.

»Ah, wusste ich nicht. Ich habe gehört, was geschehen ist. Was mach ich jetzt damit?« Er hob einen Stapel Briefe. »Sollen die zurück? Empfänger verstorben?«

»Das erledigen wir!«, meinte Kevin Lenz und griff nach den Umschlägen.

»Hm, ich weiß nicht! Ob ich das darf?«

»Ich kann auch zur Post fahren und das Zeug beschlagnahmen lassen, aber so ist es einfacher für uns beide.«

»Denk ich auch.« Thomas reichte die Post an den Polizisten. »Aber das geht in Ordnung, oder?«

»Klar.«

»Selbstmord?«, fragte der Mann nach.

»Wir wissen es nicht, Thomas.«

»Okay, dann, also, schönen Tag.«

»Was haben wir denn?«, fragte Dernbach. »Reklame! Das hier? An alle Haushalte der Rathausstraße. Und das? Testen Sie 2 Wochen kostenlos das Abo ... Und hier? Saarlandpost.de? Weg! Finanzamt?« Dernbach öffnete den Umschlag ohne Zögern.

»*Sehr geehrter Herr Sparer. Leider müssen wir Ihnen mitteilen, dass wir aus personellen Gründen derzeit Ihren Hinweisen nicht nachgehen können. Wir werden uns erlauben, zu gegebener Zeit wieder auf Sie zuzukommen, Blieska, Steuerfahndung.*« Dernbach holte tief Luft. »Mein spezieller Freund Josef. Da muss ich nachhaken. Interessant.«

»Das hier auch!«, sagte Lenz und wedelte mit einem kunterbunten Brief. »Bestätigung per Postadresse. Albert Sparer hat einen E-Mail Account beantragt bei Saarlandpost.de und hier ist das Passwort.«

»Und?«

»Sie schreiben, er solle gleich nachsehen, ob er bereits erste Nachrichten erhalten habe.«

»Wir bräuchten Fingerabdrücke von diesem Rösler, vielleicht finden wir ja welche hier in der

Wohnung.«

Lenz blickte seinen Chef stumm an, dann grinste er.

»Was ist daran so lustig?«, wollte Dernbach wissen.

Lenz griff vorsichtig nach seiner Ausweiskarte, indem er sie am Rand anpackte. »Angewohnheit von mir. Ich halte meinen Ausweis immer am Rand fest.«

»Okay, und?«

»Genau da ist Röslers dicker fetter Daumenabdruck drauf und hinten sein Zeigefinger. Haben Sie eine Plastiktüte?«

»Wenn Sie den noch eine Zeitlang so halten können, im Wagen hab ich welche. Ab ins Präsidium.«

***

»Herr Rösler?« Dernbach lächelte gütig.

»Ich sagte schon, ich habe keine Zeit. Es ist sechs Uhr.«

»Wir haben den Durchsuchungsbefehl«, sagte Dernbach und zeigte ein Blatt Papier mit einem Siegel. *Und wir haben noch nichts gegessen. Reizen sie uns also nicht*, wollte er hinzufügen, zog es jedoch vor, zu schweigen.

»Ich ... Sie werden warten müssen, bis mein Anwalt hier ist.«

»Nein, Herr Rösler, das müssen wir nicht!« Kevin Lenz gab den Polizisten in Uniformen Zeichen. »Wir haben noch etwas. Er hielt einen weiteren Brief vor das Gesicht von Rösler, der blass wurde. »Haftbefehl?«

»Wegen Verdachts des Mordes an Albert Sparer.«

»Aber ... das ist lächerlich.«

»Sie können sicher erklären, wie Ihre Fingerabdrücke auf den Revolver kommen, mit dem Albert Sparer getötet wurde.«

»Wir haben in seiner Leiche Spuren von Flunitrazepam gefunden«, ergänzte Lenz.

»Was?«

»Ein Schlafmittel, das in Deutschland nur mit einem bestimmten Rezept und nur in kleinen Dosen erhältlich ist.«

»Was faseln Sie da? Fingerabdrücke? Moment, Revolver?« Rösler blickte irritiert.

»Ich fasse mich kurz: Sie sind am Freitagabend zu Albert Sparer gefahren, weil er Sie angezeigt hat. Wir haben die Unterlagen der Steuerfahndung und die kommt auch noch gleich.«

»Hat er Sie erpresst?«, fragte Lenz.

»Sparer und erpressen? Nein, der würde sich ja noch entschuldigen, wenn man ihn zusammengeschlagen hätte.«

»Was war es dann? Illegale Geschäfte? Waffen?«

»Sie haben eine blühende Fantasie, meine Herren, nichts dergleichen. Ich rufe jetzt meinen Anwalt an.«

»Ja, das ist gut, den werden Sie brauchen. Wir setzen die Unterhaltung im Präsidium fort. Kommen Sie bitte mit.«

»Ich werde Ihnen folgen und mich fügen, Handschellen sind überflüssig.«

Céline Rösler stand mit offenem Mund im Türrahmen. Dernbach gab noch eins drauf: »Wir wissen, dass Albert Sparer ermordet wurde, und wir wissen warum und wie.«

»Aber nicht von mir. Céline? Ruf Doktor Müller an. Er soll sofort ins Polizeipräsidium kommen.«

»Von mir aus!«, sagte Dernbach.

»Mein Mann war von Freitag auf Sonntag in Berlin!« Céline Rösler sah fest in die Augen der Polizisten.

»Wie?« Dernbach hielt in der Bewegung inne.

»Ich bearbeite gerade die Reisekostenabrechnung. Er ist am Freitagmorgen um 6 Uhr 30 mit Air Berlin geflogen und kam am Sonntag um halb sieben abends zurück. Sie können das gerne überprüfen.«

»Aber ...« Lenz wischte sich über die Stirn. Dernbach verfluchte sich. Er war so lange Polizist und hatte glatt das Alibi übersehen. Ausgerechnet heute, wo Lenz neben ihm stand.

»Nun? Ich bin sicher, dass diese Frage spätestens auf dem Kommissariat gestellt worden wäre, nicht wahr?« Rösler grinste siegesgewiss. Lenz sah auf den Boden. Dernbach fluchte: »Scheiße.«

»Und von diesem Trans Dingsbums weiß ich auch nichts. Ich habe weder ein solches Medikament gekauft noch weiß ich, wie es anzuwenden ist.«

»Tach Dieda!«, sagte ein Mann im grauen Anzug. »Sinn mir do richdisch? Ei scheint so!«

»Josef?« Dernbach verzog den Mund.

»Gestatten: Josef Blieska. Steuerfahndung. Herr Rösler?«

»Ja«, sagte der und drehte die Augen zur Decke.

»Kei Sorge, Dieda, mir mache das! Jungs? Do rinn!« Vier Männer und zwei Frauen begaben sich in die Flure und öffneten Türen, hinter denen sie verschwanden.

»Was soll das jetzt?«, fragte Rösler und wirkte ganz klein.

»Herr Sparer hat e Anzeie gehsche Sie gemacht, bei uns. Es geht um mindestens 750.000 Euro, die Sie schwarz in die Schweiz geschafft hann.«

»Was?« Rösler war nun ganz aus dem Häuschen. »Was ... soll das? Ich habe niemals ...«

»Mir hann die Kontoauszüge, Herr Rösler.« Josef Blieska grinste. »Und mir hann noch mehr. Wolle Se gucke? Komme Se mit. Do rinn? Ei Jo.«

Rösler folgte, von Fahndern des Finanzamtes umringt, Blieska in den Konferenzraum.

»Tja, dann war es das wohl«, sagte Dernbach. »Der Sepp wird das schon richtig machen.«

»Es war nicht mein Mann!«, sagte Céline Rösler.

»Wie?« Dernbach drehte sich zu der Frau um.

»Er wusste nichts davon. Die Firma ist praktisch pleite. Nur noch einige Bilanzierungstricks haben uns Aufschub geliefert. Wir haben Verträge, die wir nicht bedienen können, und Schulden, die demnächst fällig sind. Wir brauchen einen Kredit über eine Million US-Dollar.«

»Was? Wie viel?« Dernbach setzte sich.

»Die Zwischenfinanzierung eines großen Deals mit China. Das hätte uns gerettet, aber mit den Zahlen, die wir zu bieten haben, wären die Asiaten abgesprungen. Sparer sollte es richten.«

»Und?«

»Er hat einen Fehler gemacht. Er hat den Verschuldungsgrad falsch berechnet und den Chinesen zugemailt.«

»Ich verstehe«, sagte Dernbach.

»Das war das Ende. Ich habe gedroht, ihn anzuzeigen.«

»Und da ist er durchgedreht und hat sich umgebracht?«

»Er meinte, wenn er ginge, müssten noch mehr gehen. Die Firma wäre ohne ihn bankrott. Er sei der Einzige, der die Misere erklären könne. Alle Zahlen wären gefälscht und nur, weil wir seit drei Jahren aufgrund unserer globalen Geschäfte die Bücher nach amerikanischem Recht führen, sei das noch keinem aufgefallen.«

»Und Frau Schneider?«

»Ach die, die ist noch jung, die denkt noch, was das Tolles wäre, so ein Abschluss und so eine Bewertung.«

»Wir ...« Lenz wurde von Dernbach aufgehalten. »Und wo haben Sie das Flunitrazepam her?«

»Ich schlafe schlecht, seit Jahren. Mein Arzt verschreibt mir diese Tabletten.«

»Soso. Hm. Und das haben Sie ihm verabreicht?«

»Ich habe vor seiner Tür gewartet, eine Stunde lang. Ich wollte schon gehen und habe im Café gegenüber einen Milchkaffee getrunken. Ich muss ihn verpasst haben. Plötzlich sah ich Licht in seinen Fenstern. Ich habe geklingelt und er hat mich reingelassen.«

»Und?« Dernbach wusste, dass er nicht lockerlassen durfte, jetzt war der Moment der Wahrheit gekommen,

»Und er hat alles gesagt und gebeichtet.«

»Was genau?«

»Dass er eine Anzeige formuliert habe, dass die Beweise im Tresor lägen. Dass er eine E-Mail an sich selbst zustellen wollte, in der er alles erklärte. Dass er dieses Testament auch ausgedruckt habe und dass er nicht den Mut aufgebracht habe, sich umzubringen.«

»Deshalb haben Sie den Computer heute Morgen gleich löschen lassen?«

»Ja!«

»Sie hatten gehofft, es würde nicht auffallen.« Dernbach sprach ruhig und ohne Hast. Kein Vorwurf war in seiner Stimme zu vernehmen. Er durfte die Frau jetzt nicht erschrecken.

»Er hat mir erzählt, dass er privat keinen Computer habe. Der auf der Arbeit würde sein Leben schon zu viel bestimmen.«

»Ah, und Sie glaubten, er hätte die E-Mail an seine Firmenadresse gesendet.«

»Natürlich!« Céline Rösler blickte überrascht auf. »Er hatte doch keinen Computer, an wen sollte er ... Sie wollen mir jetzt nicht erklären, dass er ein E-Mail Konto besessen hat?«

Lenz nickte stumm und hiclt aus cinem braunen Umschlag einige Papiere hoch. »Sein Testament. Und ehrlich, Sie kommen nicht gut dabei weg.«

„Aber das habe ich doch bei ihm ...“

„Sie meinen, Sie haben es gefunden und an sich genommen?“

Die Frau nickte. Dernbach wusste, dass sie sich geschlagen gab. »Was geschah an diesem Abend? Sie waren also bei ihm«, nahm er den Faden wieder auf.

»Er trank ein Glas Apfelsaft aus und schenkte sich

neuen ein. Dann ging er auf die Toilette. Ich saß da, vor dem Scherbenhaufen meines Lebens, und dieser Mann war schuld daran.«

»Weil er einen Fehler gemacht hat?«

»Als er zurückkam, war dieses Zeug im Glas. Mein, Gott, es hat sich nicht aufgelöst, war klumpig. Aber zum Glück bevorzugte Sparer nur naturtrüben Saft, wie im Büro. Meist selbst gekeltert vom Obst- und Gartenbauverein. Ich wollte ... er schlief augenblicklich ein. Es dauerte nicht mal 15 Minuten, in denen ich von mir erzählte. Er redete davon, dass er Rost wäre. Er würde genau wie Rost Eisen auffressen. Man müsse ihn wegkratzen.«

»Und da sahen Sie die Waffe liegen?«

»Nein, ich bin gegangen.«

Lenz sah die Frau schräg an. »Wir haben die Ergebnisse der kriminaltechnischen Untersuchung. Demnach war es Sparer unmöglich, die Waffe in einem solchen Winkel anzusetzen und sich selbst zu erschießen.«

Dernbach zog die Augenbrauen nach oben. Er wusste von keinem Bericht. Lenz flunkerte. »Der Schuss hat ihn im Stuhl hochgeschleudert, so heftig war er«, ergänzte der junge Polizist.

»Es schien so einfach und war doch so schwer.« Céline Rösler sagte diesen Satz, bevor Dernbach seinen unerfahrenen Partner maßregeln konnte. Das war ein Volltreffer. Sie hatte dem schlafenden Sparer den Revolver in den Mund geschoben und gehofft, es würde wie ein Selbstmord aussehen.

»Und die Steuerhinterziehung?«, fragte Dernbach, um die Ermittlungen wieder an sich zu reißen.

»Mein Mann hat keine Ahnung. Er versteht etwas vom Geschäft und vom Verkaufen, aber nichts von Büchern und von Krediten. Das ist meine Aufgabe. Wir waren schon bankrott, als er den Laden von meinem Schwiegervater übernommen hat. Zwischendurch sah es rosig aus, aber die Vergangenhcit hat uns eingeholt.«

»Wir müssen Sie bitten, mitzukommen!«, sagte Dernbach.

»Ja, ich weiß.«

Die Tür zum Konferenzzimmer ging auf und Josef Blieska trat heraus. »Herr Rösler? Mir müsse Se mitnehme.« An Dernbach gewandt, flüsterte er: »Meint, seine Frau hadd nix mitgekriegt von der Pleite. Do hatt er enfach die Bischer gefälscht und dem Sparer iss dass uffgefall. Will von dene 750.000 nix gewusst hann. Wie jeder, denne mir kriege. So Dieda, den hamm ma.«

»Mir ach!«, sagte Lenz. »Mir ach.«

Angelika Lauriel

Dem Vergessen anheim gegeben

Hugo verließ das Treppenhaus und zog die Haustür hinter sich zu. Dieses Mal brauchte er nicht weit zu gehen, um seinen Job zu tun. Zwei Blocks bis zum Park. Ein wenig hatte er gezögert, bevor er diesen Auftrag annahm. So nahe bei seiner Wohnung? Doch dann hatte Elsa ihn vorwurfsvoll angesehen und demonstrativ die Kühlschranktür geöffnet. Gähnende Leere, in der lediglich eine Paprika vor sich hingammelte. Der Anblick hatte ihn überzeugt.

Langsam ging er die Straße entlang. Wie immer war er früh dran und brauchte sich nicht zu beeilen. In Gedanken versunken registrierte er die Strahlen der aufgehenden Sonne, die zwischen den hohen Häusern hindurch eckige Muster auf die Straße zeichnete. Seit wann war ihm sein Beruf so zuwider? Wie lange versuchte er schon, neue Aufträge abzuschmettern? Er kickte eine Coladose in den Rinnstein und beobachtete, wie ein Rest der braunen Flüssigkeit heraus tropfte. Dann straffte er die Schultern. Es nützte nichts, den Moment hinauszögern zu wollen. Sein Auftraggeber hatte sich nicht abwimmeln lassen. Er hatte ihm geschmeichelt: Hugo habe in all den Jahren immer saubere und verlässliche Arbeit abgeliefert. Elsas vorwurfsvolle Blicke hatten ihres dazu beigetragen. Hugo schnaubte, während er seinen

Schritt beschleunigte. Er blendete die vorbeifahrenden Autos und die wenigen Passanten aus, fixierte sich nur noch auf sein Ziel. Der Eingang zum Park war bereits zu sehen. Nichts anderes nahm er mehr wahr, nur die schmiedeeiserne, offenstehende Tür.

Wenig später hatte er die Zielperson gefunden. Groß, rothaarig mit ein paar silbernen Strähnen, sportlich. Der Mann sah genauso aus wie auf dem Foto. Die blasse Haut wies darauf hin, dass er den größten Teil seiner Zeit in einem Büro verbrachte. Mit routiniert wirkenden Bewegungen joggte er Hugo auf dem Pfad entgegen. Ein kurzer Blick genügte, um sich zu vergewissern, dass niemand sonst unterwegs war. Hugo blieb am Rand des Pfads zwischen den Bäumen stehen und wartete. Der Rothaarige, Kopfhörer in den Ohren, sah flüchtig über ihn hinweg – desinteressiert, mit den Gedanken woanders. Hugo drehte sich leicht zur Seite, als habe er zwischen den Bäumen etwas gehört, das sein Interesse weckte. Er konnte bereits den Schweiß und das Deo des Joggers riechen. Dann war er heran. Hugo griff von hinten mit beiden Händen nach dem großen Mann – nur eine Sekunde bestürmte ihn der Gedanke, dass er einen Fehler machte. Mit bloßen Händen?

Der Läufer strauchelte und fiel regelrecht in seine Arme. Es war ein Kinderspiel, ihn rasch zwischen die Bäume zu ziehen.

Hugo stieß ihn auf den Boden und drückte ihn mit dem Knie und einer Hand auf den weichen Grund.

Und jetzt? Er zögerte, plötzlich nicht mehr wissend, was er von dem Fremden wollte. Er zog die Hand von seiner Hosentasche weg – hatte er nach etwas greifen wollen? – und hob sie, wollte die zweite Hand vom Schlüsselbein des Menschen lösen, der unter ihm lag und ihn mit weit aufgerissenen Augen anstarrte. Jetzt stieß er einen Ton aus, der Hugo durch Mark und Bein fuhr und ihn instinktiv zudrücken ließ. Das Gesicht des Fremden verzerrte sich vor Anstrengung, seine Arme fuchtelten und stießen nach Hugo im Versuch, ihn abzuwehren. Aber mochte er auch gealtert sein – schwach war Hugo nicht.

Mit der freien Hand verpasste er seinem Opfer einen gezielten Faustschlag an die Schläfe, sodass dieser plötzlich erschlaffte, seine angewinkelten Beine nach außen fielen und die Arme, mit denen er nach Hugos Oberkörper gegriffen hatte, abglitten wie Gummiattrappen. Das von hellen Sommersprossen übersäte Gesicht wirkte plötzlich entspannt und friedlich. Der Mann hatte die Lippen leicht geöffnet, und Hugo konnte die roten Wimpern und Augenbrauen erkennen. Hatte er nicht schon einmal einen rothaarigen Menschen getötet? Er ließ die Gedanken schweifen. Richtig, da war doch dieses Mädchen gewesen. Sie hatte die Wimpern mit schwarzer Tusche übermalt, aber als sie leblos vor ihm lag, hatte er die roten Ansätze in der hellen Haut genau gesehen. Hugo legte den Arm des schlafenden Läufers vorsichtig neben dessen Körper ab, dann setzte er sich auf den Waldboden. Wie hatte die Kleine damals geheißen? In seinem Magen sammelte sich Säure. Diese latente Übelkeit war ihm inzwischen vertraut, auch wenn er ihre Ursache nicht verstand. Besonders heftig wurde es nur in bestimmten Momenten, so wie jetzt.

Das rothaarige Mädchen, fast noch ein Kind. Wie war ihr Namen gewesen? Er wusste, wenn der ihm einfiel, würde die Übelkeit wieder nachlassen. Der Mann neben ihm erinnerte ihn an das Mädchen. Er sah auf den zweiten Blick älter aus als zuvor; zwischen die roten Brauenhärchen hatten sich vereinzelte silberne gemischt. Sie wirkten widerspenstig, länger als die anderen und gebogen. Unwillkürlich fasste Hugo an seine eigenen Brauen, um sie zu glätten. Sie hatten auch diese Tendenz, immer buschiger zu werden. Doch in den Gesichtszügen des Mannes entdeckte er eine Linie, einen Schwung der Wange, der ihn das junge Mädchen von damals wieder genau vor Augen sehen ließ. Wie hatte sie geheißen? Warum hatte er sie töten sollen – so ein junges Ding?

Verdammt, er konnte sich nicht erinnern. Vielleicht, wenn er all die anderen Namen der Menschen durchging, denen er einen Platz auf dem Friedhof verschafft hatte?

Der Mann neben ihm rührte sich, stöhnte leise, dann blieb er ruhig liegen.

Konnte er sich wirklich und wahrhaftig an keinen einzigen Namen erinnern? Hugo ließ die Gesichter vor seinem inneren Auge Revue passieren. Viele waren es. Sie hatten ihm und Elsa einen einigermaßen guten Lebensstandard gesichert. Und niemals war er aufgeflogen. Niemand wusste das von ihm.

Die Übelkeit breitete sich aus. Er drückte eine Hand auf den Magen, um ihr Einhalt zu gebieten.

Dass ihm die Namen nicht einfielen! Er konnte sich noch so sehr anstrengen, da war nichts.

Plötzlich spürte er eine Berührung an seinem Oberschenkel, dann legte sich eine Hand auf sein Bein. Er wandte sich dem Mann zu, der neben ihm lag und ihn von unten herauf ansah. Er wirkte verwirrt, fragte sich wohl, wie er hierhin geraten und wie ihm geschehen war. Hugo beugte sich fürsorglich über ihn. „Geht es Ihnen gut?“

Der Rothaarige griff sich an den Kopf und runzelte die Stirn. „Ich … ich weiß nicht … Was ist passiert?“

Hugo half ihm aufzustehen und legte einen Arm um seine Taille, um ihn zu stützen. Langsam gingen die beiden zwischen den Bäumen auf den Pfad hinaus zu einer Bank.

„Ich weiß es auch nicht“, sagte er. In seinem Kopf herrschte angenehme Leere, als er neben dem Fremden den Schmetterlingen zuschaute, die um einen Busch herum flatterten. Die Übelkeit ließ nach, während der Mann sich mit den Ellbogen auf die Oberschenkel stützte und stöhnend den Kopf hielt.

„Hat mir jemand eins über den Schädel gezogen?“ Die Stimme klang rau.

Widerwillig wandte Hugo den Blick von den Schmetterlingen ab. Er kniff die Augen zusammen. Schlagartig war die Übelkeit wieder da. Er beugte sich halb vor den Fremden und griff nach seiner Hand, um in sein Gesicht blicken zu können.

„Ich habe niemanden gesehen", erklärte er, und es war die Wahrheit. „Wer hat Ihnen das bloß angetan? Ich habe Sie auf dem Boden zwischen den Bäumen gefunden. Möchten Sie zur Polizei gehen? Soll ich einen Krankenwagen rufen?"

Der Rothaarige schüttelte den Kopf und grunzte, da ihm die Bewegung offensichtlich Schmerzen bereitete. Er entdeckte die Kopfhörerstöpsel, die ihm beim Sturz aus den Ohren geflogen waren und nun aus dem Ausschnitt seines Shirts auf seine Brust herunterhingen. Leicht scheppernd konnte man Christina Aguilera „*I am beautiful, no matter what they say*" singen hören. Mit einer fahrigen Geste griff der Mann an seine Seite und schaltete den MP3-Player aus.

Woran erinnerte das Lied Hugo? Es hatte sofort die Übelkeit in seinem Magen wieder verstärkt. Doch auch sein Gegenüber schien es nicht unberührt zu lassen. Der Rothaarige musterte ihn, als wolle er etwas in Hugos Zügen erkunden. Unbehaglich rutschte er auf dem Holz der Bank hin und her. Noch immer starrte der Fremde ihn an, mit gerunzelter Stirn – es wirkte, als leide er Schmerzen. Schließlich seufzte er und setzte sich ein winziges bisschen aufrechter hin. Ein letzter prüfender Blick in Hugos Gesicht, dann begann er zu reden.

„Das ist ihr Lieblingslied. War. Es war ihr Lieblingslied.“ Mit einem Griff an seine Seite schaltete er den MP3-Player wieder an und hielt Hugo einen der Ohrstöpsel hin. Zögernd griff Hugo danach und drückte ihn in sein Ohr, hörte nun die klagende Stimme der Sängerin. „*… so don’t you bring me down today.*“

Elsa liebte dieses Lied auch, sie tanzte und sang mit geschlossenen Augen, wann immer es im Radio lief. Ohne zu verstehen, weshalb, riss Hugo sich den Stöpsel aus dem Ohr und legte ihn dem Fremden in den Schoß. „Ich kenne es“, murmelte er heiser.

Wieder sah ihm der Rothaarige in die Augen, dann nickte er und stellte die Musik ab. „Eine Frau, stimmt’s? Es erinnert dich auch an eine Frau …“

Hugo beugte zustimmend den Kopf.

Der Fremde wandte den Blick in die Ferne, als er weiter sprach. Es wirkte wie ein Zwang, dem er sich nicht widersetzen konnte. Als habe er noch nie mit jemandem darüber reden können und habe nun das Gefühl, sich endlich aussprechen zu müssen und es bei ihm, Hugo, zu können. Verrückt – woher wollte Hugo das wissen?

„Sie war rothaarig, hatte die Haarfarbe von mir geerbt.“

Hugo blieb die Luft weg, er hörte das Blut in seinen Ohren rauschen. Er musste sich zwingen, einzuatmen.

Tief.

Langsam.

Ein.

Und wieder aus.

Das Rauschen ließ nach, doch sein Puls raste weiterhin. Aber warum?

Wie alt mochte der Fremde sein, der nun unverwandt auf die gelben Kieselsteine zwischen seinen Laufschuhen starrte? Von Hugos Atemaussetzer hatte er nichts bemerkt. Das bemerkten sie nie. Er konnte kurz vorm Umfallen stehen, niemand bemerkte es. Genau wie das andere, das keiner von ihm wusste.

Was war es?

Mord.

Ja, er war ein Mörder. Ein Auftragskiller. Niemand wusste das. Verwirrt wischte Hugo sich über die Stirn. Sein Herzschlag verlangsamte sich wieder. Er hatte etwas vergessen. Irgendetwas hatte er erledigen sollen, Elsa hatte ihn in aller Frühe losgeschickt. Der Kühlschrank war leer, es war Zeit, dass er wieder Geld verdiente. Ihr eigenes Gehalt reichte für sie beide nicht aus. Wieder sah er seine Frau vor seinem inneren Auge, wie sie sich zu der Pop-Ballade wiegte, die Augen geschlossen. Ihr Mund sang „*I am beautiful, no matter what they say ...*"

„Ihre Lieblingszeile war ‚*So don't you bring me down today*'. Ich begreife bis heute nicht, wie es passieren konnte. Ich hatte sie beschützt, ihr Leben lang hatte ich sie beschützt. Sie war mein Ein und Alles." Wieder griff der Rothaarige nach den Kopfhörern, schloss die Faust darum. „Es war ihr Player, ihre Playlist höre ich mir an, jeden Tag. Bei diesem Lied kommen mir die Tränen, wie einem Kind, ich kann nichts dagegen tun. Verstehst du das?“ als er sich zu Hugo umdrehte, zuckte er mit leisem Ächzen. Hugo erkannte die Tränen in den hellen Augen. Eine löste sich und glitt an einer roten Wimper herab, wo sie an der hellen Spitze zitternd hängen blieb – ein Regenbogen schien sich darin zu verfangen - bevor sie auf der Wange landete und langsam einen Weg fand, über große Poren und kaum sichtbare Bartstoppeln. Irgendwann blieb nur ein kleiner, feuchter Punkt von ihr übrig.

„Wie hat sie geheißen?“ Die Frage befreite sich aus Hugos Mund, ohne dass er wusste, woher sie kam.

„Flora. Ihr Name war Flora.“

Hugo hörte an der Art, wie der Fremde den Namen seiner Tochter aussprach, dass er sie liebte, immer noch. Und wie sehr er sie vermisste und dass ihr Tod noch immer schmerzte.

Flora.

Ja, das war ihr Name gewesen. Man hatte ihn Hugo am Telefon gesagt, ihm ein Foto der Zielperson geschickt. Sie war hübsch gewesen mit ihrer hellen Haut und den roten Haaren. Und sehr jung, eigentlich noch ein Kind. Wer hatte dieses Kind umbringen lassen?

„Was ist passiert?“, fragte er den Fremden. Dieser wandte sich wieder ab, stützte den Kopf in die Hände, barg sein Gesicht darin.

„Es ist meine Schuld. Alles ist meine Schuld.“

Hugo hatte wenig Information bekommen. Die Umstände und Gründe interessierten ihn auch nie. Er tat einen Job, einen Beruf wie jeder andere. Er erhielt einen Namen, ein Gesicht dazu, einen Auftrag. Sein Ruf wäre nicht so gut geworden, wenn er Fehler gemacht oder Fragen gestellt hätte. Präzision, das war eine seiner Stärken. Dazu ein Alibi-Leben. Elsa, die Frau seines Herzens, ein Nebenberuf, der für andere wie ein richtiger Beruf aussah. Die Gedanken verwirrten sich wieder in Hugos Kopf, bildeten ein Knäuel, ließen Fragen zurück. Was hatte er hier zu suchen? Wer war der Fremde neben ihm? Wovon sprach er?

„Ich hätte nur nachgeben müssen. Sie setzten mir die Pistole auf die Brust.“ Der Fremde sprach weiter, und Hugo konnte den Zusammenhang wieder herstellen, zumindest teilweise. Das Mädchen, genauso rothaarig wie sein Vater. Flora.

„Es ging um Geschäfte, worum auch sonst?“ Der Rothaarige schüttelte den Kopf. „Man glaubt nicht, dass es das in Deutschland gibt. In USA, in Asien, überall, nur nicht hier in Deutschland.“

Er fuhr mit der Hand durch die Luft, als wolle er seine Worte bekräftigen. Noch immer wirkte es zwanghaft, wie er weiterredete. „Ich habe es nicht geglaubt. Ich hatte Angst, ja, weil sei mir drohten. Ich rechnete damit, dass mir etwas geschehen würde, dass sie an meinem Stuhl sägen, dafür sorgen würden, dass ich fliege.“ Er griff plötzlich nach Hugos Hand und ließ sie dann ebenso unvermittelt wieder los.

„Haben sie dich erpresst?“, fragte Hugo. Vielleicht kam er endlich dahinter, warum Flora damals hatte sterben müssen.

Der Rothaarige nickte, langsam und abgehackt. „Ja, so kann man es nennen. Ich sollte diese Papiere unterzeichnen. Ich wusste, dass es falsch war, aber mir waren die Hände gebunden. Ich konnte niemanden anzeigen. Zu viele hingen mit drin. Bis ganz nach oben. Was hätte es genutzt, Anzeige zu erstatten, wenn selbst die Behörden ihre Finger im Spiel hatten?“ Er sah Hugo an, wartete auf eine Reaktion. Hugo nickte, nicht wissend, ob es das war, worauf der Rothaarige hoffte. Doch anscheinend war es die richtige Regung, denn dieser fuhr fort. „Trotzdem hätte ich niemals gedacht, dass sie Flora etwas antun würden … Ich spielte auf Zeit. Ich wusste selbst nicht, worauf ich hoffte. Vielleicht, dass ich jemanden fand, der das Gleiche sah wie ich? Was wir vorhatten, war gefährlich und leichtsinnig. Ich zögerte immer weiter, weigerte mich zu unterzeichnen. Beinahe hoffte ich, dass ich entlassen würde. Es widerstrebte mir, meinen Namen unter diese Sache zu setzen.“

„Verdammt, wovon sprichst du?“

Erschrocken drehte der Fremde sich zu Hugo um, kniff kurz die Augen zusammen. „Das kann ich dir nicht sagen.“ Er lachte hart auf. „Es würde mich meine Existenz kosten. Glaube mir, ich weiß, wovon ich rede. Schon ein Mal habe ich das Wertvollste in meinem Leben verloren." Er runzelte die Stirn. „Nur so viel: Menschenleben hingen davon ab. Viele Menschenleben."

Hugo nickte, als verstehe er. Spielte es eine Rolle, wessen der Rothaarige sich schuldig gemacht hatte? Hatte es jemals eine Rolle gespielt? Ging es nicht letzten Endes immer um diese schmutzigen Geschäfte, wenn man ihn rief? Trotzdem – Flora, ein junges, unschuldiges Mädchen. Wie hatte sie da hineingepasst? „Haben sie dich mit Flora erpresst?" Warum konnte er es nicht lassen? Warum ging er nicht einfach nach Hause? Es war Hugo wieder eingefallen, weshalb Elsa ihn in diesen Park geschickt hatte. Sie hatte den Ort des Auftrags mitbekommen. Aber er würde den Rothaarigen nicht töten. Er wollte nicht mehr. Keine Menschen mehr umbringen, kein Blut mehr auf sein Konto laden. Dann mussten er und Elsa eben kleinere Brötchen backen.

Der Fremde sah misstrauisch zu Hugo. „Ja, das haben sie. Und ich Idiot habe weiterhin gezögert. Ich dachte, dass sie das nicht machen würden. Alles, aber nicht einen kaltblütigen Mord. Ein Mord kam überhaupt nicht in Betracht. Das wäre zu gewagt, selbst für sie." Plötzlich schluchzte er auf. „Ich habe mich geirrt. Und ob sie eines Mordes fähig waren. Sie brauchten ihn ja nicht selbst durchzuführen. Wozu gibt es Berufskiller?" Er lachte abgehackt, es hörte sich an wie ein Grunzen. „Wahrscheinlich haben sie ihn aus der Portokasse bezahlt …" Er brach ab, brütete schweigend vor sich hin.

Hugo erinnerte sich zurück an jenen Sommer vor acht Jahren. Hatte er eben nicht mal mehr den Namen des Mädchens gewusst, so sah er sie jetzt wieder glasklar vor Augen. Sie war jeden Morgen an der Saar entlang gejoggt, nicht weit von hier. Sie hatte das Haar mit einem schlichten Haargummi zusammengenommen, es wippte in fast behäbig wirkenden Wellen auf ihren Rücken hinab. Hugo hatte sie zwei Tage lang ausspioniert, um sicherzugehen, dass er an Tag X unbeobachtet sein würde. Ihre Strecke verlief auf einem um diese Zeit einsamen Weg, doch besonders das Stück, das ein wenig vom Fluss wegführte, war menschenleer. An jenem Morgen trug sie eine kurze Jogginghose, darüber ein Sport-Top und ihre Laufschuhe. Wie immer hatte sie die Kopfhörer im Ohr. Es waren die Kopfhörer, die er jetzt auf dem Schoß des rothaarigen Mannes liegen sah.

Wie unter Zwang fragte Hugo: „Was ist mit Flora passiert?“

Der Rothaarige streckte den Rücken durch. „Ermordet. Einfach so. Beim Joggen hat sie jemand von hinten erdrosselt. Mit einem Kabel, wie man es in jedem Baumarkt kriegt. Keine Spuren, nichts. Es muss schnell gegangen sein.“ Er griff sich an die Kehle. „Wenn ich es mir ausmale … Mein Mädchen muss fürchterliche Angst gehabt haben. Wie schnell kann man einen Menschen erdrosseln, frage ich dich?“

Hugo dachte nach. „Ich … habe nie darauf geachtet“, sagte er.

Der Rothaarige riss die Augen auf.

„Es kommt darauf an, ob man es richtig macht.“ Ein Gurgeln entwich dem Fremden, er rückte von Hugo ab.

„Denke ich mal“, sagte Hugo und lächelte gütig.

Die Schultern des Rothaarigen sackten herab, als er heftig die Luft ausstieß.

„Sie war ein schönes Mädchen“, sagte Hugo und erinnerte sich, wie sie zuerst die Hände hochgerissen hatte, um nach ihm zu greifen, wie er dann heftig zugezogen hatte, damit sie nicht unnötig leiden musste. Sie war an seinem Körper erschlafft und zusammengesackt, er ließ sie auf den Boden gleiten und achtete darauf, dass er sie möglichst nicht berührte. Natürlich trug er einen Plastikoverall, damit sie keine Fasern an ihrer Kleidung finden würden, aber trotzdem mied er jeglichen direkten Kontakt, wenn immer es möglich war. Er arbeitete präzise. Hatte immer präzise gearbeitet. Floras Pferdeschwanz war nach vorne gerutscht, und eine breite Strähne bedeckte ihr Gesicht, eine weitere den roten Streifen an ihrem Hals. Sie lag vor ihm auf der Erde, in ihren Augen spiegelte sich der Himmel. Er sah die roten Ansätze der schwarz getuschten Wimpern. Zärtlich hatte Hugo die Strähne von ihrer Wange gestrichen, dann war er aufgestanden, weggelaufen, hatte sich seines Anzugs entledigt und war zur Arbeit gegangen, die letzten Zeilen des Lieds wie eine Endlosschleife im Ohr, die aus den Kopfhörern drangen, als er sich von Flora entfernte, die dort lag und sich nie mehr rühren würde. „*So don't you bring me down today …*"

Flora war der einzige Auftrag gewesen, bei dem er je Bedauern gespürt hatte. Es hatte Tage gedauert, bis er es wieder ertrug, wenn Elsa zu „*Beautiful*" sang und tanzte. Sie hatte nicht begriffen, warum er so oft das Radio abschaltete in jenen Tagen.

„Sie war ein wunderschönes Mädchen", wiederholte er.

„Woher weißt du das?" Der Rothaarige musterte ihn misstrauisch.

Hugo winkte ab. „Stand doch in allen Zeitungen. Bilder hat man sehen können."

„Das stimmt nicht. Nichts stand in den Zeitungen, keine Bilder wurden veröffentlicht. Die Polizei hat nur kurz ermittelt, es gab keine Spuren. Alles wurde schnell vertuscht. Und ich war wie gelähmt, habe mich nicht gewehrt. Mein Mädchen wurde begraben, das war's dann. Also, woher weißt du, dass sie schön war?"

Hugo sah ihn versonnen an. „Du sagtest, sie hatte deine Haare? Sie war noch sehr jung, fast ein Kind, nicht wahr?"

„Ja, das war sie."

„Sie *muss* eine Schönheit gewesen sein."

Der Fremde zögerte, dann nickte er abermals.

„Und dann?", fragte Hugo sanft.

„Was dann?" Der Rothaarige nahm ein weiteres Mal die Kopfhörer in die Hand und knetete sie. „Dann habe ich unterschrieben. Ich war zu feige, mich zu wehren. Sie hatten mir ihre Macht doch gezeigt. Sollte ich es wagen, sie nochmals zu reizen? Den Rest meines erbärmlichen Lebens auch noch aufs Spiel setzen? Mir blieb nur noch meine Frau. Gwendolyn. Sie durfte ich nicht verlieren."

„Gwendolyn", murmelte Hugo. Den Namen kannte er irgendwoher. Aber das musste ja nicht dieselbe Frau sein. „Was ist mit ihr?"

„Was mit ihr ist? Sie ist fast zerbrochen am Tod unserer Tochter. Sie hat nicht begriffen, dass jemand so etwas tun konnte. Sie hat nie geahnt, dass ich selbst schuld hatte. Ich mit meiner Angst, mit meiner Unfähigkeit, das Richtige zu tun oder das Falsche aufzudecken. Sie musste für eine Weile in ein Sanatorium." Unvermittelt sah der Fremde Hugo nochmals an. „Warum erzähle ich dir das alles?"

Hugo wischte mit der Hand durch die Luft. „Weil ich zuhöre."

„Ja", der Fremde nickte, „weil du zuhörst."

„Was war dann mit deiner Frau?"

„Sie hat sich erholt, aber sie war nicht mehr dieselbe. Sie sagte nichts zu dem Mord und fragte nichts. Aber sie war seit Floras Tod unruhig, getrieben. Wir blieben zusammen, aber unsere Ehe war auch anders geworden. Wir haben beide den gleichen Verlust erlitten, doch jeder trauerte für sich. Ich stürzte mich in meine Arbeit." Wieder lachte er sein abgehacktes, seltsames Lachen. „*Und ist der Ruf erst ruiniert, so lebt sich's gänzlich ungeniert.* Ich bin skrupellos geworden, der beste Mitarbeiter, den man sich wünschen kann. Ich stelle keine Fragen, kritisiere nicht, ziehe nicht einmal die Augenbrauen hoch."

Wie ich selbst, dachte Hugo, ich habe auch nie Fragen gestellt.

„Und deine Frau?", fragte er abermals. „Was war mit ihr?"

„Sie hat sich zur Sozialpflegerin ausbilden lassen. Ausgerechnet. Sie arbeitet in einem Heim. Schwester Gwendolyn, die Verständnisvolle. Sie ist diejenige, die den Dementen ihre Illusionen lässt. Wenn die Alten denken, dass sie im Park auf dem Weg zur Arbeit sind, dann gibt Gwendolyn ihnen ein Lunchpaket mit und einen Schirm, damit sie ihn aufspannen können, falls es zu regnen beginnt. So ist meine Frau."

„Liebst du sie?" Warum fragte er das?

„Ja, ich liebe sie. Sie ist die Einzige, die mich noch am Leben hält. Wenn ich sie ansehe, dann habe ich Hoffnung."

„Kann ich verstehen." Hugo nickte. „Zu schade, das mit deiner Tochter. Wie lange ist es jetzt her? Acht Jahre?"

Wieder betrachtete der Fremde ihn mit misstrauischem Blick. „Woher weißt du das?"

„Damals war das Lied ein großer Hit, meine Frau hat es immer gespielt."

„Das Lied?"

„Du sagtest, dass du immer weinen musst, wenn du Christina Aguilera ‚*I am beautiful*' singen hörst."

Der Rothaarige nickte wieder.

„Meine Frau liebt das Lied auch.“ Warum erzählte er das?

„Gwendolyn erträgt es nicht mehr, sie kann es nicht mehr anhören.“

„Verstehe ich.“

Sie schwiegen beide. In Hugos Kopf arbeitete es. Etwas wollte in sein Bewusstsein drängen, eine Erinnerung.

Was war es?

Er sollte töten. Diesen Mann töten. Heute Morgen hatte er den Auftrag bekommen. Von einer Auftraggeberin dieses Mal. Die Frau hatte verbittert geklungen. Sie schien ein persönliches Motiv zu haben. Rache. Er hatte sie an der Stimme erkannt, doch jetzt wollte ihm nicht mehr einfallen, wie ihr Name war. Eben noch hatte er ihn gewusst, jetzt war er wieder weg.

Elsa hatte mitbekommen, dass er es hier im Park tun sollte, und ihn losgeschickt. Aber nein, erinnerte er sich dann, er hatte doch beschlossen, nicht mehr zu töten. Sein Blutkonto nicht mehr weiter zu füllen. Wie hatte der Fremde vorhin gesagt? Wenn er seine Frau ansah, dann hatte er Hoffnung. So erging es Hugo auch. Wenn er an Elsa dachte, hatte er Hoffnung. Dass sein Blutkonto mit den Jahren verblassen würde, dass die Verstorbenen dem Vergessen anheim gegeben würden, wie es nun mal der Lauf der Dinge war. Dass man auch mit den neuesten Untersuchungsmethoden keine Spuren finden würde.

Plötzlich ging ein Ruck durch den Mann auf der

Bank neben ihm, er starrte unverwandt zum Eingangstor des Parks.

„Was macht *sie* denn hier?“, murmelte er, dann sah er auf seine Armbanduhr. „Verdammt, ich müsste längst geduscht und auf der Arbeit sein.“ Er stand auf, streckte sich mit einem unterdrückten Stöhnen. Hugo war seinem Blick gefolgt und hatte sofort die Frau gesehen, die durch das Tor getreten war und nun auf die Bank zu kam. Sie blieb stehen und schien zu grübeln, dann ging sie langsam weiter.

Das war Gwendolyn! Ihre Stimme war es gewesen, heute Morgen am Telefon. „Mach ihm ein Ende, er hat es nicht verdient, weiter zu leben.“ War es die Gwendolyn, die auch der Rothaarige gemeint hatte? Seine Frau, die ihm Hoffnung gab und die er liebte? Bei ihrem Näherkommen bemerkte Hugo, wie sehr er sich geirrt hatte. Es war nicht Gwendolyn, sondern Elsa. Wie der Rothaarige, sprang er rasch auf, das schlechte Gewissen meldete sich.

Elsa sah den Fremden fragend an und grüßte ihn mit einem Lächeln. „Ist etwas passiert?“

„Ich bin gestürzt. Dieser nette Mann hat mir aufgeholfen, und nun haben wir uns noch ein wenig verquatscht. Ich muss los, die Arbeit wartet.“

„Und wie geht es dir, Hugo?“, wandte sie sich an ihn. „Bist du auch gestürzt?“

„Ich gehe dann, Gwendolyn. Wir sehen uns heute Abend, Liebes.“

Hugo schüttelte verwirrt den Kopf. Etwas stimmte hier nicht. Elsa nahm ihn mit beiden Händen am Arm, wie sie es immer tat.

„Wieso nennt er dich Gwendolyn?“, fragte er sie, während sie ihn behutsam in Richtung des Tores führte.

„Er nennt mich Gwendolyn, du nennst mich Elsa. Für mich spielt es keine Rolle.“ Wenig später verließen sie den Park und betraten den Garten des Pflegeheims.

Heinz Draeger

DURAND – Schmutzige Geschäfte

Die beiden Kommissare des LKA Saarbrücken, Wagner und Gerber, waren schon lange damit beschäftigt, endlich die Serie von Schutzgelderpressungen im Lande aufzuklären.

Seit einigen Monaten kam es immer wieder vor, dass die Inhaber von Lokalen und Restaurants in der Landeshauptstadt im Krankenhaus aufwachten und ihre Einrichtungen auf dem Sperrmüll zu finden waren. Die Vorgehensweise war immer die gleiche, kurz vor Feierabend erschienen doch recht gut gekleidete „Herren" im Lokal und wiesen den Besitzer darauf hin, dass es eigentlich schade wäre, wenn etwas zu Bruch gehen würde. Dies könne aber gegen eine regelmäßige Bargeldzahlung verhindert werden. Dafür könne man aber auch die Versicherungsbeiträge der Hausratsversicherung einsparen. Drohte der Eigentümer mit der Polizei, wurde er sofort auf brutale Weise zusammengeschlagen und die Einrichtung zu Kaminholz verarbeitet. Dies war in den meisten Fällen Warnung genug.

Außerdem war in den Kliniken aufgefallen, dass sich die Zahl der schwer verletzten Gastronomen unter den Patienten erhöht hatte. So war es auch nur eine Frage der Zeit gewesen, bis einer der betroffenen Wirte seinen Verletzungen erlegen war und über die

Rechtsmedizin auch die Mordkommission auf den Plan gerufen worden war.

Zuerst hatte man die Mafia im Visier, aber wie sollten deren Kreise dazu bewegt werden, sich freiwillig zu äußern? Und wo sollte man anfangen, bei den Italienern, den Russen, oder waren es doch andere Ostblockbanden, oder gar welche aus Asien?

Eigentlich ging es immer beschaulich zu im Saarland und nur in seltenen Fällen rastete mal jemand aus und erschlug mit Axt oder Hammer ein Familienmitglied, aus welchem Grund auch immer. Der letzte Mord lag gut eineinhalb Jahre zurück und war auch schnell aufgeklärt gewesen. Damals hatte ein Mann seine Freundin im Suff mit einem Beil erschlagen, nur weil er vermutet hatte, sie hätte ein Verhältnis mit dem Nachbarn, was sich als falsch herausstellte. Aber schon in einem Sprichwort hieß es, dass Besoffene und Kleinkinder die Wahrheit sagen, und so hatte der Täter unmittelbar nach der Tat in seiner Stammkneipe in der Altstadt damit geprahlt. So war es für die ermittelnden Beamten eine Kleinigkeit gewesen, den Täter zu verhaften.

Hier allerdings war es nicht so leicht, da sich die anderen betroffenen Restaurantbesitzer in Schweigen hüllten. Aus Angst um ihre Gesundheit, die der Familie, und davor, den Versicherungsschutz zu verlieren. Wagner und Gerber saßen an ihren Schreibtischen in ihrem Büro, als die Tür aufgerissen wurde. Wütend kam der Polizeichef herein, warf eine Tageszeitung auf den Schreibtisch von Wagner und forderte ihn auf:

„Hier Wagner, lesen sie mal!“

Gerber versuchte, die Situation zu entschärfen. „Sorry Chef, aber wir sind im Dienst und da dürfen wir das nicht.“

Er wusste, dass die Presse immer wieder durch wilde Spekulationen und aus Sensationslust irgendwelche Gerüchte und Vermutungen in die Welt setzte, was natürlich den öffentlichen Druck auf die ermittelnden Behörden erhöhte.

Der derzeitige Vorgesetzte hatte allerdings für solche Späße wenig übrig, und was dann an Flüchen über den Artikel mit der bisherigen Aufklärungsquote der Polizei im Falle der bisherigen Schutzgelderpressungen und des toten Gastronomen aus seinem Munde kam, während sein Kopf einer reifen Tomate glich, wird hier aus Jugendschutzgründen verschwiegen. Genauso plötzlich wie er aufgetaucht war verließ er auch wieder das Büro, nicht ohne durch das laute Zuschlagen der Tür seinen Ausführungen und Forderungen nach Ergebnissen der Ermittlungstätigkeit Nachdruck zu verleihen.

Es dauerte eine Weile, bis sich die beiden Ermittler gefangen hatten.

„Man war der Olle aber schlecht drauf. Man merkt, dass er scharf auf den Posten vom Chef ist und es ihn nervt, immer nur Vertretung machen zu dürfen.“

Gerber stimmte kopfnickend zu. Aber was sollten sie machen? Einfach zu den Clanchefs, die ja bekannt waren, hingehen und sagen: „Ihr bösen Buben, hört sofort auf damit, sonst werdet ihr verhaftet!"? Diese Drohung würde nicht viel Wirkung zeigen. Selbst, wenn sie tatsächlich einen von denen verhaften würden, hätten die Verbrecher nicht viel zu befürchten. Jeder ihrer Staranwälte hätte die Betroffenen schon wieder raus, bevor sie überhaupt auf der Dienststelle angekommen wären.

Wagner machte den Vorschlag, doch nochmals in den einzelnen Lokalen vorbeizuschauen und mit den Besitzern zu reden. Vielleicht würde ja doch einer schwach werden und plaudern. Gerber griff nach seiner Jacke und folgte seinem Kollegen, der schon das Büro verlassen hatte und auf dem Weg zum Parkplatz war. Er schlug vor, dass man die Gelegenheit nutzen könnte, die Mittagspause mit diesem Besuch zu verbinden. Feixend erinnerte er Wagner daran, dass dieser ihm ja noch von der letzten Wette ein Essen schuldig war. Die beiden Ermittler hatten es sich zur Gewohnheit gemacht, bei jedem ihrer Fälle eine Wette abzuschließen, wer als Erster den Täter ermitteln und somit den Fall aufklären konnte.

Wagner war inzwischen an dem Dienstwagen angekommen und betätigte die Fernbedienung am Schlüsselbund. Die Warnblinkanlage am Fahrzeug leuchtete kurz auf und signalisierte, dass die Türen entriegelt waren.

„Klar, dass du mal wieder nur ans Essen denkst, ich wollte das eigentlich mit 'ner Roschtworscht und 'nem Weck erledigen und nicht mit 'nem Drei-

Gänge-Menü.“ Damit öffnete er die Fahrertür und stieg ein, startete den Wagen.

„Was ist jetzt, keinen Hunger mehr?“, fragte er seinen Kollegen, der immer noch verdutzt dreinschauend auf der Beifahrerseite stand. Gerber stieg ein und schaute seinen Partner ungläubig an.

„Das war doch wohl ein Scherz, oder? Ich habe letztens bei Gaby im Palazzo Venezia für dich ’ne Familienpizza, einen Salat Napoli und ’nen Vesuv Eisbecher zahlen können, nicht zu vergessen die Flasche Rotwein, die du zu zwei Dritteln alleine getrunken hast. Und dann willst du mich mit ’ner Bratwurst abspeisen? Das finde ich unfair.“

Wagner musste grinsen: „Damals waren wir auch nicht im Dienst, und im Gegensatz zu deinen Landsleuten aus dem hohen Norden heißt es bei uns hier immer noch ‘Hauptsach gudd gess… geschafft hann mir dann schnell‘.“

Sie fuhren los in Richtung der Außenbezirke der Landeshauptstadt, was wegen der vielen Baustellen, die den Verkehrsfluss derzeit behinderten, schon eine Weile dauerte.

„Da hätten wir ja dann auch gleich zu Fuß gehen können“, wetterte Gerber missmutig, nachdem sie sich schon eine gute Viertelstunde im Schritttempo über die Straßen der Landeshauptstadt gequält hatten.

Sie waren auf dem Weg zum „La Lagune de Biguglia“, einem französischen Spezialitätenrestaurant. Der Besitzer war ein ehemaliger Fremdenlegionär, der während seiner Dienstzeit auf Korsika beim 2éme REP, der Eliteeinheit der französischen Fremdenlegion, stationiert gewesen war. In Biguglia, der kleinen Stadt in der Nähe von Bastia, hatte er seine große Liebe kennengelernt. Nachdem sein Vertrag bei der Legion abgelaufen war, hatten sie noch gemeinsam einige Zeit auf der Mittelmeerinsel verbracht, geheiratet, und waren dann doch letztendlich im Saarland gelandet. Michelle war eine ausgezeichnete Köchin und verstand es, die mediterrane französische Küche in der Landeshauptstadt anzubieten.

Jérôme und Michelle hatten sich den alten Landgasthof, der auch ein beliebtes Ausflugsziel war, gekauft und gekonnt das französische Ambiente darin eingebracht.

„Klein aber fein“, war ihr Wahlspruch. Sie hatten es nach einiger Zeit geschafft, sich einen festen Kundenstamm aufzubauen. Reich waren sie nicht, aber es reichte für beide gut zum Leben, und mehr wollten sie nicht.

Leider hatte seit einigen Monaten der Besuch der Gäste nachgelassen und ihr Lokal stand kurz vor der Schließung. Ein Schlägertrupp sorgte in unregelmäßigen Abständen dafür, dass sich kaum noch jemand traute, das Lokal aufzusuchen. Jérôme hatte einen Jagdschein, um immer wieder frische Wildspezialitäten auf der Speisekarte anbieten zu können, und war somit auch im Besitz von Schusswaffen. Seit er beim letzten Besuch der Schläger seine Schrotflinte unter der Theke hervorgeholt und, zu allem bereit, auf die Typen gerichtet hatte, waren deren Besuche ausgeblieben. Dafür hatte er erfahren, dass sich deren Betätigungsfeld auf die Zufahrtsstraße verlegt hatte, wo sie gezielt Gästen auflauerten und deren Fahrzeuge mit Baseballschlägern bearbeiteten. Das sprach sich natürlich schnell herum und immer mehr Gäste blieben aus. Die Polizei hatte bisher zwar ihre Streifen verstärkt, aber wie so häufig verliefen die Ermittlungen im Sande.

Trotzdem hatte er sich geweigert zu zahlen und das Ergebnis war, er stand kurz vor der Insolvenz, spielte mit dem Gedanken, wieder zurück nach Frankreich, Korsika zu gehen.

Als der Wagen der beiden Kommissare auf dem Parkplatz vor dem Lokal ausrollte, bemerkten sie schon, dass etwas nicht stimmen konnte, weil außer ihnen kein anderes Fahrzeug zu sehen war. Sie hatten ihren Besuch zwar nicht angekündigt, aber Ruhetag war eigentlich Montag, und heute war Mittwoch. Wagner parkte direkt neben dem Eingang. Er zog den Zündschlüssel ab und beide Ermittler stiegen aus, sahen sich ungläubig an. Die Eingangstür war verschlossen und ein Schild daran angebracht. „Wegen Familienfeier geschlossen“

„Tja, wird wohl nix mit Mittagspause“. Wagner sah an der Hausfront hoch, während sein Kollege sich auf den Weg machte, das Gebäude zu umrunden. Durch den angrenzenden Biergarten konnte man mühelos die rückwärtige Seite des Anwesens betreten, aber auch hier herrschte tote Hose. Er ging zurück zum Dienstwagen, wo gleichzeitig sein Kollege eintraf, der zwischenzeitlich die Garage inspiziert hatte.

„Scheint wirklich dicht zu sein, kein Auto da“, bemerkte er, kurz bevor er sich daran machte, in den Dienstwagen zu steigen. Gerade als Gerber sich dazu setzen wollte, hörte er Motorengeräusche, die nicht von einem normalen Pkw stammen konnten. Er machte Wagner darauf aufmerksam, der den Zündschlüssel erneut abzog und ausstieg. An der geöffneten Wagentür warteten sie auf das, was da wohl anrollen würde. Gleich darauf bog um die Kurve kurz vor dem Restaurant ein schwerer schwarzer Geländewagen. Die Kommissare schauten sich erstaunt an. Sie erkannten den gepanzerten Hummer2 sofort, wussten auch, wer der Fahrer war. Das konnte nur Durand sein. Jean Claude Durand, seines Zeichens ehemaliger Fremdenlegionär des 2éme REP, Einzelkämpfer mit Dschungelausbildung, Scharfschütze und Sprengstoffspezialist.

Wenn der irgendwo auftauchte, hatten sie immer mit Mord und Totschlag zu tun. Bei der Art und Weise, wie Jean Claude einen Fall für gewöhnlich klärte, hatten die Mitglieder der Unterwelt nichts zu lachen. Doch was wollte er hier? Durand stellte seinen Geländewagen neben dem Dienstwagen der beiden Kommissare ab. Mit leisem Summen öffnete sich die verdunkelte Seitenscheibe und Durand lächelte die Beamten an.

„Hallo die Herren, na, auch mal wieder Appetit auf die gute französische Küche?“

Gerber sah ihn genervt an. „Eigentlich wollten wir ja hier in Ruhe unsere Mittagspause verbringen, aber jetzt, wo ich Sie sehe, habe ich plötzlich keinen Hunger mehr.“ „Lass gut sein Gerber, Durand hat uns oft aus der Patsche geholfen. Ohne ihn hätten wir immer noch nicht die Bande mit den Rauschgiftschmugglern und die Bosse des Kartells auffliegen lassen. Trotzdem würde es mich interessieren, was Sie hier machen“, wandte er sich an den Personenschützer, der sein Büro in der Landeshauptstadt hatte, aber gleich hinter der Grenze in Frankreich wohnte.

Als Durand aussteigen wollte, öffnete sich auch die Tür der Beifahrerseite und ein gut zwei Meter großer Mann stieg aus. In einer alten Feldjacke der französischen Armee, einen alten zerkauten Zigarrenstummel zwischen den Lippen, baute er sich neben dem Hummer auf und grinste die Ermittler spöttisch an. Es war Yves, der genau wie Durand in der Fremdenlegion gewesen war und nach der aktiven Zeit seinen Lebensunterhalt als Fahrer eines US-Trucks verdiente, den er sich gekauft hatte. Immer wieder nutzte er seine freie Zeit, um diese gemeinsam mit seinem alten Weggefährten zu verbringen. Wenn es erforderlich war, stieß auch Clement aus der Schweiz zu ihnen. Der hatte sich dort ein Helikopter-Charterunternehmen aufgebaut, und schon oft in gemeinsamen Einsätzen nützliche Dienste damit geleistet. Wenn es die Verkehrslage auf den Straßen nicht zuließ, mit dem Fahrzeug zum Einsatzort zu gelangen, war er es der die „Jungs“, wie er Durand und seine Freunde immer nannte, dorthin beförderte, wo der Einsatz stattfand, und gleichzeitig aus der Luft mit einem weiteren Kameraden, Marcel, zusätzlich Feuerschutz geben konnte.

Wagner kannte beide sehr gut, wusste aber nicht, was die beiden hierher verschlug.

Durand rückte seine Sonnenbrille zurecht, zündete sich eine Pfeife an und blies den Rauch in die Luft.

„Keine Angst Wagner, wir kommen gerade aus Südfrankreich, wo wir zur Camerone Feier in Aubagne waren. Yves hat noch den Rest der Woche frei und leistet mir Gesellschaft. Wie Sie sicherlich wissen, ist Jérôme ein ehemaliger Legionär aus meiner alten Einheit. Wir wollten ihm mal einen Besuch abstatten und bei der Gelegenheit die gute französische Küche genießen.“

„Daraus wird wohl nichts werden“, grinste Gerber frech zurück, „Ihr Kollege hat geschlossen, wegen einer Familienfeier. Zumindest steht das auf dem Schild an der Tür.“ Durand sah Yves erstaunt an. Sie hatten beide noch vor wenigen Tagen in Südfrankreich mit ihm gesprochen und dabei den heutigen Tag für das hiesige Treffen abgemacht.

Als Durand den fragenden Blick von Wagner bemerkte, lächelte er freundlich zurück. „Tja Herr Kommissar, da werden wir wohl doch die saarländische Küche bemühen müssen, aber die soll ja auch nicht so schlecht sein. Ich wünsche Ihnen noch eine stressfreie Restwoche. Wir sehen uns.“

Jean Claude und Yves stiegen in den Hummer2

ein, der sich mit blubberndem Motorengeräusch des 6l V8 Motors mit 330PS langsam entfernte. Zurück blieben die verdutzt dreinschauenden Ermittler der Mordkommission.

„Da stimmt doch was nicht“, bemerkte Gerber und schlug mit der flachen Hand aufs Wagendach. Wagner sah ihn erstaunt an. „Was du immer gleich denkst, der war auf der Camerone Feier in Aubagne, wie jedes Jahr und jetzt wollte er halt mal ’nen alten Kumpel hier besuchen. Was sollte daran nicht stimmen?“

Gerber schüttelte den Kopf. „Hast du nicht die Gesichter der beiden gesehen, als ich von dem Schild mit der Familienfeier gesprochen habe? Glaub mir, die wissen mehr als wir und genau das ärgert mich so.“

Kommissar Wagner konnte nicht wissen, wie recht sein Kollege damit hatte und welche Wendung der Fall noch nehmen würde.

Durand befand sich auf der Rückfahrt in die Stadt. Neben ihm saß Yves, der plötzlich wütend mit der Hand auf das Armaturenbrett schlug. „Da ist doch was oberfaul.“ Er schob dabei seinen zerkauten Zigarrenstummel von einem Mundwinkel in den anderen. Durand blies nachdenklich den Rauch seiner Pfeife aus dem halb geöffneten Fenster. Er wusste, dass Jérôme außer seiner Frau keinerlei Familienangehörige hatte, und auch diese hatte im letzten Jahr ihre Eltern bei einem Autounfall auf Korsika verloren.

Geschwister gab es keine, also was hatte dann das Schild an der Tür zu bedeuten? Er bremste seinen Hummer ab und bog in einen Seitenweg ein, parkte ihn so, dass er von der Hauptstraße nicht zu sehen war. „Wir warten, bis die Polizei vorbei ist, und fahren nochmal zurück. Ich will wissen, was da los ist."

Sie brauchten nicht lange zu warten, bis der Dienstwagen mit den beiden Ermittlern an ihnen vorbeifuhr. Jean Claude startete seinen Geländewagen und rollte langsam zurück in Richtung Landgasthof. Dort angekommen stiegen beide aus und begaben sich zur Eingangstür. Deutlich konnte man das Schild hinter der Glasscheibe erkennen. Durand drückte die Klinke herunter, verschlossen. Gemeinsam mit seinem Freund begab er sich durch den Biergarten hinter das Haus, um dort nach eventuellen Spuren und Ungereimtheiten zu suchen. Das Einzige, was ihnen bei genauerem Hinsehen auffiel: An der Tür zum Bierkeller entdeckten sie tatsächlich frische Einbruchspuren. Durand gab Yves ein Zeichen, der sofort zum Wagen zurück eilte und dort die in einem der zahlreichen Verstecke des Wagens verstaute Pump Gun ergriff. Er schlich sich nun zurück zu seinem Freund, der bereits mit gezogener Walther P99 neben der Tür auf ihn wartete. Ein „Ratsch –Ratsch" der Pump Gun war zu hören, und Yves war einsatzbereit.

Langsam stiegen die beiden zur Eingangstür des Bierkellers hinab und öffneten sie vorsichtig. Yves sprang, wie er es in der Fremdenlegion gelernt hatte, sofort hinein und sicherte den Raum. Beide schlichen vorsichtig durch den dunklen Raum, der nur spärlich vom Licht der einfallenden Sonne durch die Kellerfenster erhellt wurde. Sie stiegen die Stufen zum Schankraum hinauf und standen letztendlich im Restaurant.

Der Anblick, der sich ihnen dort bot, ließ auf einen Kampf oder zumindest mutwillige Zerstörung schließen. Nachdem auch die restlichen Räume des Hauses kontrolliert und gesichert waren, standen Yves und Jean Claude wieder unten an der Theke. „Also eine Familienfeier war das hier bestimmt nicht“, bemerkte Jean Claude trocken und steckte seine Waffe ins Holster. Yves nickte zustimmend. „Und ich war nicht dabei, sonst würde es hier nicht so aussehen.“

Trotz der Umstände musste Durand lachen. „Nein, dann wäre alles zu Bruch gegangen, so ist wenigstens noch etwas zu gebrauchen. Aber wir müssen herausfinden, was hier los ist, ich versuche Jérôme auf seinem Handy zu erreichen.“

Er hielt sich das Handy ans Ohr, nach einer Weile ließ er das Gerät wieder sinken und steckte es ein.

„Er geht nicht ran, entweder will er nicht oder aber er kann nicht.“

Jean Claude ging mit Yves zurück zum Wagen und zündete sich dort nachdenklich eine Pfeife an.

„Also so, wie es im Haus aussah, tippe ich mal auf Letzteres und was schlägst du vor?“ Yves sah Durand erwartungsvoll an, der dabei war, über die Freisprechanlage sein Büro anzurufen, während er den Motor seines schweren Geländewagens startete. Nachdem er seine Sekretärin Carmen erreicht hatte, gab er ihr Anweisungen, das Handy von Jérôme orten zu lassen. So konnten sie wenigstens feststellen, wo sich ihr gemeinsamer Freund derzeit aufhalten würde. Es dauerte auch nicht lange und Carmen konnte ihnen die Koordinaten der Ortung übermitteln. Jean Claude erkannte auf dem Navibildschirm im Armaturenbrett sofort, wo er hin musste. Es war die alte Brücke bei St. Arnual. Sie wurde deshalb so genannt, weil sie, wie so oft in der Politik, eine völlige Fehlplanung war und im Niemandsland endete.

Durch das angrenzende Naturschutzgebiet war damals der Weiterbau gestoppt worden, aber die Brücke stand da.

Durand machte sich mit Yves sofort auf den Weg. Er kannte seinen Freund Jérôme zu gut, als dass der dort eine Familienfeier abhalten würde. Die Fremdenlegion war viele Jahre ihre Heimat und Familie gewesen. Ob er mit dem Schild einen Hinweis geben wollte? Er hatte ja den Termin für den Besuch der Freunde heute fest geplant.

Eine andere Möglichkeit gab es nicht, er wollte dadurch Jean Claude und Yves darauf aufmerksam machen, dass etwas nicht in Ordnung war, mit einem Mitglied der „Familie“. Ja, sie waren alle eine Familie in der Fremdenlegion, jeder war für den anderen da, Tag und Nacht, egal wo, egal wann. Kurz bevor sie ihr Ziel erreicht hatten, fuhr Durand in einen Seitenweg. Sein Anzug, den er immer noch trug, war wohl doch nicht die richtige Kleidung für das, was sie, aber insbesondere die Täter, erwartete. Er zog sich um und war gleich darauf im schwarzen Overall einsatzbereit. Yves hatte immer noch die Trekkinghose und die Tarnjacke an. Sie schlichen sich vorsichtig an die Brücke heran und nahmen in der Nähe ihre Position ein. Mit dem Fernglas in der Hand suchte Durand das Gelände direkt an der Brücke ab. An dem Bauwerk selbst interessierten ihn besonders die Pfeiler. Er wusste, dass in den meisten Pfeilern an Brücken sogenannte Wartungskammern untergebracht waren. Genau unterhalb eines Pfeilers konnte er einen PKW erkennen, der verdächtig schien. Jeder, der die Brücke kannte und das Naturschutzgebiet besuchen wollte, parkte oberhalb, aber nicht dort. Aufgrund des am Fahrzeug angebrachten ausländischen Kennzeichens konnte er auch erkennen, dass es sich dabei nicht um ein einheimisches Fahrzeug handelte. Er teilte Yves seine Beobachtungen mit und beide beschlossen, sich für den Einsatz fertig zu machen. Am Hummer von Durand angekommen öffnete der die Heckklappe und unter der Kofferraumabdeckung befand sich ein Waffenarsenal, das jedes SEK Mitglied hätte vor Neid erblassen lassen. Jean Claude steckte einige Blendgranaten an seine Koppel, nahm eine FAMAS und genügend Munition dazu mit. Ebenfalls hatte er noch seine Walther P99 im Holster. Yves reichte es aus, wenn er seine geliebte Pump Gun dabei hatte, aber zusätzliche Patronen schadeten nie.

Als sie ihren Einsatzort erreichten, mussten sie in Deckung gehen, da die Wartungstür geöffnet wurde. Diese kleinen Öffnungen lagen immer am oberen Ende eines Brückenpfeilers und waren mit einer kleinen Stahltür gegen unerlaubtes Eindringen gesichert. Ein Mann schaute vorsichtig heraus und winkte seinem Kollegen hinter sich. Beide verließen den kleinen Raum, stiegen über eine Strickleiter nach unten. Von ihrem Versteck konnten Durand und Yves das Gespräch der beiden verfolgen. Demnach waren sowohl Michelle als auch Jérôme in der Gewalt der Täter, aber war noch jemand in der Brücke und bewachte die Opfer? Aus weiteren Gesprächen heraus erfuhren die beiden Freunde, dass sich niemand bei den Opfern befand und sie begannen ihren Einsatz. Mit Handzeichen gab Jean Claude zu verstehen, sich von zwei Seiten zu nähern und so den Überraschungseffekt auszunutzen, was Yves durch Kopfnicken bestätigte. Sie trennten sich, doch jeder wusste genau, was der andere plante und vorhatte.

Die beiden Entführer schienen keinerlei Ahnung zu haben, was ihnen bevorstand. Plötzlich tauchte an einer Seite des Pfeilers Jean Claude auf und machte sich bemerkbar. Als die Gangster sich daraufhin zu ihm umdrehten und ihre Waffen zogen, warf er die entsicherte Blendgranate und zwang sie, in Deckung zu gehen. Eine sofort folgende Salve aus der FAMAS verfehlte ihre Wirkung nicht. Die beiden Täter flüchteten in Richtung der anderen Ecke des Brückenpfeilers, während hinter ihnen die Schüsse das Erdreich aufrissen. Aber auch in der Fluchtrichtung erwartete die beiden eine Überraschung. Plötzlich stand vor den beiden verdutzen Gangstern ein Mann, der durch seine muskelbepackte, hünenhafte Gestalt schon furchteinflößend genug war. Als sie dann plötzlich den ohrenbetäubenden Lärm der aufbellenden Pump Gun hörten, der durch den Stahlbeton noch verstärkt wurde, und dann in die Mündung der Waffe blickten, wussten sie, dass ihr Spiel aus war. Yves hatte einen Warnschuss abgegeben, der seine Wirkung nicht verfehlt hatte. Jean Claude war inzwischen direkt hinter den beiden in Stellung gegangen und forderte sie auf, ihre Waffen niederzulegen, was auch widerstrebend erfolgte.

Auf die Frage eines der Gangster, wer sie eigentlich seien und was sie wollten, hatte Yves nur eine Antwort: „Nous tomberont du ciel, et vous amener l'enfer.“ Es war einer der Leitsprüche der Legionäre des 2éme REP und bedeutete so viel wie: „Wir fallen vom Himmel und bringen Euch die Hölle“. Dann schlug er zu. Das reichte aus, um den Mann für geraume Zeit ins Reich der Träume zu schicken. Ebenso erging es dessen Kumpanen.

Nachdem beide Entführer mit Kabelbindern gefesselt und im Kofferraum ihres Wagens gut verstaut waren, machte sich Durand auf den Weg in den Pfeiler, wo er den gefesselten Freund und dessen Frau unversehrt vorfand. Nachdem beide sicher auf dem Erdboden angekommen waren, brachte sie Durand sofort zu seinem Wagen und fuhr mit Yves zurück zum Restaurant der Freunde.

Dort angekommen tätigte er noch einen Anruf bei den ihm bekannten Kommissaren und teilte ihnen die Position des Wagens der Schutzgelderpresser mit. Wagner konnte man am anderen Ende der Leitung auch ohne zugeschalteten Lautsprecher im Wageninneren fluchen hören, was Jean Claude dazu veranlasste, das Gespräch zu beenden.

„Ich versteh den Mann nicht, da liefert man ihm die Burschen als Paket verschnürt und das gefällt denen auch wieder nicht“, sagte er und zündete sich seine Pfeife an. Yves dagegen schob seinen zerkauten Zigarrenstummel wie gewohnt im Mundwinkel von rechts nach links und grinste, während der Wagen langsam auf die Straße zurückrollte.

ENDE

Christian Bauer

Es muss nicht immer Schnitzel sein

Ein kulinarischer Kurzkrimi

Er biss gerade in ein Stück butterzarten Blumenkohl, als der Anruf kam. Das Wiener Schnitzel und die Petersilienkartoffeln, die der Blumenkohl begleiten durfte, waren ihm ausgesprochen gut gelungen, und Hauptkommissar Carlo Berwanger mochte es überhaupt nicht, beim Essen gestört zu werden. Lange hatte er an der optimalen Panade des Schnitzels gearbeitet und diesmal das Ei mit einem Schuss Sahnc verquirlt, wie er das vor kurzem in einer der unzähligen Kochshows im Fernsehen gesehen hatte. Das Resultat hatte ihn bereits beim ersten Bissen überzeugt. Und der Blumenkohl dazu war die Krönung. Und jetzt dieser Anruf. Er versprach, sofort zu kommen, spielte kurz mit dem Gedanken, das Schnitzel noch schnell zu verspeisen, merkte dann aber, dass er keinen Bissen mehr runterkriegen würde. Der Appetit war ihm vergangen. Er kam auch nicht wieder, als er am Ilseplatz eintraf, erwartet von zwei Streifenpolizisten, die den Fundort weiträumig abgesperrt hatten, und seinem langjährigen Kollegen Leon Diefenbach.

„Da liegt das Teil“, sagte Diefenbach nur und deutete auf einen weiblichen Unterarm, der in eine Hand mündete, an der noch zwei beringte Finger zu finden waren. Der Rest des Körpers fehlte. „Zwei spielende Kinder haben den Arm gefunden, sie werden gerade von einer Psychologin betreut. Aber ich glaube, als Zeugen bringen uns die beiden auch nicht wirklich was.“

„Irgendeine Idee, zu wem der Arm gehören könnte?“, fragte Berwanger. „Nope, wir werden wohl als Erstes die vorliegenden Vermisstenmeldungen studieren müssen. Ich nehme nicht an, dass die Besitzerin des Arms noch lebt.“ – „Klar, sonst hätte sie wohl ihrerseits das fehlende Teil als vermisst gemeldet“, knurrte Berwanger. „Aber vielleicht kann uns die Rechtsmedizin ja weiterhelfen.“ Damit war alles gesagt und am Fundort des Körperteils auch kaum noch Erkenntnisse zu gewinnen, jedenfalls nicht für die beiden Hauptkommissare. Die Kollegen der Spurensicherung dagegen würden den Ort jetzt noch viel genauer unter die Lupe nehmen und dabei vermutlich noch einiges entdecken.

„Ich geh was essen“, sagte Diefenbach. „Mahlzeit“, antwortete Berwanger und dachte wieder an sein Schnitzel, das er wegen dieses Unterarms verlassen hatte. Vielleicht würde er ja bis zum Abend wieder Appetit bekommen. Bis dahin könnte er sich mit den Vermisstenmeldungen im Saarland beschäftigen, während sein Kollege noch in einem anderen Fall Informationen sammeln wollte.

Sein Büro, das er sich mit Diefenbach teilte, roch nach Desinfektionsmittel. Kein angenehmer Geruch, aber besser als der, der die Hauptkommissare die letzten zwei Wochen gequält und dessen Ursache der Hausmeister erst durch die Entfernung einer Schrankwand herausgefunden hatte. Eine Maus hatte sich in einem Lüftungsgitter verfangen und verweste dort vor sich hin. Offenbar hatte der Hausmeister nach der Reinigung dieses besonderen Leichenfundorts gleich literweise Desinfektionsflüssigkeit versprüht. Trotzdem glaubte Berwanger immer noch, den Verwesungsgeruch wahrzunehmen, obwohl er wusste, dass das eigentlich unmöglich war.

Berwanger schaltet den PC ein und öffnete den Ordner mit den Vermisstenanzeigen. „Gut möglich", dachte er, „dass die Besitzerin des Arms gar nicht unter den Vermissten ist." Schließlich verschwanden auch immer wieder Menschen unbemerkt. Aber einen anderen Anhaltspunkt hatte er zurzeit nicht. Rund vierzig Langzeitvermisste waren im Ordner gelistet, also Personen, die schon mehr als dreißig Tage, teilweise sogar schon seit Jahren als vermisst gemeldet waren. Unter ihnen, so mutmaßte Berwanger, würde er das Opfer eher nicht finden. Außerdem listete der Ordner noch sechsundneunzig aktuell vermisste Personen. Berwanger wusste aus der polizeilichen Statistik, dass sich solche Fälle zu mehr als neunzig Prozent innerhalb eines Monats aufklärten, viele davon sogar innerhalb der ersten Woche. Meist waren es Jugendliche, die davongelaufen waren und schnell zurückkehrten oder aufgefunden wurden. „Das Problem war nur“, dachte Berwanger in einem Anflug von Sarkasmus, „dass man vorher nicht weiß, wer wieder auftaucht und wer nicht.“ Deshalb ging er die komplette Liste durch. „Es wäre gut zu wissen“, grübelte Berwanger, „wie alt unser Arm ist.“ Er wusste, dass ihn die Rechtsmedizin in Homburg so schnell wie möglich mit Informationen versorgen würde, mit denen er die Zahl der potentiellen Opfer weiter eingrenzen konnte. Aber dafür musste er noch ein wenig Geduld aufbringen, und Geduld gehörte zweifelsfrei nicht zu seinen Stärken. Am Ende des Nachmittags hatte er unter den vermissten Frauen insgesamt dreiundvierzig als potentielle Opfer ausgemacht. Er wollte gerade seinen Kollegen Diefenbach anrufen, um das weitere Vorgehen abzusprechen, als dieser ihm zuvorkam: „Das glaubst du nicht. Komm zum Saarkran. Wir haben einen Unterschenkel gefunden. Und der gehört eindeutig nicht zu unserem Arm von heute Mittag.“

Auf den ersten Blick erkannte Berwanger, warum sich sein Kollege so sicher war. Das Beinteil gehörte eindeutig zu einem Mann. Die Streifenpolizisten, es waren dieselben, die auch am Mittag bereits dabei waren, wirkten bleich und verstört. Es war in Saarbrücken nicht gerade selbstverständlich an einem Tag einzelne Körperteile verschiedener Leute zu finden. „Sollte sich das zu einer Serie entwickeln, dann mache ich Urlaub“, sagte Diefenbach. „Auf die Panikmache der Presse habe ich nämlich überhaupt keinen Bock.“

„Ok, was haben wir?“, wollte Berwanger schnell auf den Fall zurückkommen. „Ein Arm und ein Bein, von unterschiedlichen Opfern, abgelegt, so dass wir sie sicher innerhalb eines Tages finden. Klar, dass das eine Handschrift ist.“

„Das heißt, unser Täter will uns etwas sagen.“ Diefenbach kratzte sich am Kopf. „Aber was?“

„Das finden wir vielleicht heraus, wenn wir noch einmal die Vermisstenmeldungen abgleichen. Vielleicht finden wir zwei vermisste Personen, zwischen denen ein Zusammenhang besteht.“ Berwanger versuchte sich zu erinnern. „Bislang hatte ich nicht genug Kriterien, aber ich glaube der Fund hier bringt uns weiter. Und die Kollegen der KTU und der Rechtsmedizin sollen eine Sonderschicht einlegen. Wir brauchen alle verfügbaren Informationen und sollten zügig in der Lage sein, einen DNA-Abgleich durchzuführen.“

Gemeinsam fuhren Berwanger und Diefenbach zurück ins Büro. Noch einmal ging er Berwanger gemeinsam mit Diefenbach die Liste der seit kurzem Vermissten durch. Diefenbach schlug vor, die interne Suchmaschine mit entsprechenden Informationen zu füttern und nach Gemeinsamkeiten der Vermissten zu suchen. Als Bedingung formulierte er, dass zu den jeweiligen Gruppen mit Übereinstimmungen immer mindestens ein Mann und eine Frau gehören mussten. Berwanger schaute seinen Kollegen an: „Du meinst, du willst nicht von vorneherein ausschließen, dass wir noch weitere Körperteile finden?“ Er schüttelte sich. Doch offenbar war die Suche nicht differenziert genug und das Programm sortierte die Vermissten in zahlreiche Gruppen, die aus zwei oder mehreren Personen bestanden.

„Mist“, sagte Diefenbach. „Wir brauchen mehr Informationen. Ein Mann, eine Frau, ein Arm, ein Bein, das kann ja fast noch jeder sein. Vielleicht können wir ja bei der Qualität der Gemeinsamkeiten noch differenzieren."

„Gute Idee", fand Berwanger. „Lass uns nach Nähe der Wohnorte zueinander und nach Verwandtschaftsverhältnissen eingrenzen."

Der Rechner brauchte keine Sekunde und präsentierte nur noch vier Gruppen. „Bingo", jubelte Diefenbach, „drei Pärchen und ein Drilling." Mittlerweile war es 21 Uhr geworden.

„OK, ein seit zwei Wochen vermisstes Ehepaar aus Roden und ein Studentenpärchen aus dem Wohnheim, das vermutlich nur vergessen hat, den Mitbewohnern mitzuteilen, dass es mal eben auf eine Abenteuertour geht. Dann die beiden alten Leute, die den beiden Seniorenheimen in der Innenstadt abhanden gekommen sind und...", er pfiff durch die Zähne. „Das ist ja merkwürdig. Drei Vermisste aus einem Haus im Nauwieser Viertel. Ein Mann und zwei Frauen, aber sie haben nichts miteinander zu tun. Gehören zu unterschiedlichen Familien, und die Anzeigen sind auch unabhängig voneinander gestellt worden. Alle in der vergangenen Woche. Das riecht nach einem Treffer!“

„Und danach, dass wir noch mal zu einem Fundort gerufen werden“, bemerkte Diefenbach. „Wie gehen wir vor?“

„Um sicher zu gehen, besuchen wir gleich morgen früh alle vier Gruppen. Ich nehm’ das Nauwieser Viertel und du den Rest. Und wir versuchen von allen Vermissten Material zu besorgen für einen DNA-Abgleich. Und vielleicht können uns ja dann auch schon die Kriminaltechniker und Rechtsmediziner weiterhelfen.“

Diefenbach gähnte, und die beiden Hauptkommissare verließen gemeinsam ihr Büro. Als Berwanger seine Wohnung betrat, roch es immer noch nach Schnitzel und Blumenkohl. Vielleicht würde er ja am nächsten Tag wieder Appetit haben.

***

Die Namen auf den Klingeln des Mehrfamilienhauses in der Rotenbergstraße lasen sich wie ein multikulturelles Kompendium. Insgesamt zehn Parteien wohnten hier, nur ein Schild trug einen deutschen Namen. Müller stand darauf, doch zu den Müllers wollte Berwanger nicht. Magdalena de Rosario, Nora La Binnak und Mehmet Özgül hießen die vermisst gemeldeten Personen. Berwanger suchte die Namen auf dem Klingelbrett, fand alle drei und entschloss sich mit Özgül anzufangen. Laut Anordnung der Klingeln vermutete Berwanger die Özgüls im vierten Stock. Als er klingelte, dauerte es keine fünf Sekunden und der Türöffner summte. Er hatte erwartet, dass sich zunächst jemand über die Gegensprechanlage meldete, aber die Leute wurden heutzutage immer leichtsinniger. Er betrat das Haus und betätigte den Taster auf dem silbernen Außentableau des Aufzugs. Nichts geschah. „Das fängt ja gut an“, dachte Berwanger und nahm notgedrungen die Treppen zu Fuß, achtete dabei aber darauf, nicht zu schnell zu gehen. Er hasste es, außer Atem zu kommen und dann gar keuchend sich vorstellen zu müssen.

Im vierten Stock angekommen, empfing ihn eine dralle Frau mit Kopftuch. "Berwanger, Kripo Saarbrücken, ich komme wegen Murat", stellte sich Berwanger vor und die Frau nickte und winkte den Hauptkommissar herein. Die Wohnung war pikobello aufgeräumt, an den Fenstern hingen schwere Gardinen und im Wohnzimmer standen große Sessel mit Quasten und Kordeln. Die Frau verschwand in der Küche und kam mit einem Tablett zurück, auf dem zwei gefüllten Teetassen standen. Sie stellte eine vor Berwanger ab und sprach dann zum ersten Mal: „Sie haben Murat noch nicht gefunden, oder?" Ihr Deutsch war ohne Akzent. Berwanger schüttelte den Kopf und sie sprach weiter. „Ihr Kollege letzte Woche hat versucht, mich gleich zu beruhigen. Die meisten Vermissten tauchen schnell wieder auf, sagte er. Aber es ist überhaupt nicht Murats Art, einfach so zu verschwinden."

„Meistens werden uns die Gründe erst klar, wenn die Vermissten wieder auftauchen. Oft gibt es dann ganz banale Erklärungen. Oder jemand ist mal kurz ausgerastet", versuchte auch Berwanger zunächst mal, keine unnötige Panik zu schüren. Die schreckliche Möglichkeit, die er als Gedankenspiel beim Betreten des Hauses noch einmal durchgespielt hatte, wollte er vorerst für sich behalten. Die dicke Türkin war ihm zudem sympathisch, deshalb machte er auf Routine: „Wir sammeln ein paar Informationen. Wer wohnt außer Ihnen und Murat noch in dieser Wohnung?" – „Niemand, seit mein Mann tot ist, sind Murat und ich allein. Murat hat gerade seine Zwischenprüfung in Jura bestanden. Ich wollte ja eigentlich schon lange, dass er auszieht. Aber Hotel Mama ist einfach zu bequem, und warum sollte es Murat nicht genauso machen, wie andere saarländische Studenten auch?"

„Hat Murat eine Freundin oder sonst eine Bezugsperson, die etwas über sein Verschwinden wissen könnte?“

„Keine Freundin, ich glaube er interessiert sich nicht für Mädchen. Und seine Freunde habe ich schon alle angerufen. Keiner weiß was.“

Hauptkommissar Berwanger grübelte. Dann beschloss er doch das Risiko einzugehen, die nette Frau Özgül etwas zu verunsichern.

„Wissen Sie, dass aus diesem Haus seit der letzten Woche zwei weitere Personen als vermisst gemeldet sind.“ Die Frau mit dem Kopftuch wurde bleich. Offenbar war ihr diese Tatsache nicht bekannt. Und ihr Kopf schien genug Fantasie zu besitzen, um unangenehme Schlüsse zu ziehen. „Der Kontakt unter den Mietern hier ist nicht so groß. Außerdem gibt es im Haus eine große Fluktuation. Darf ich fragen, wer noch fehlt?“ – „Natürlich, denn ich will ja von Ihnen wissen, ob ein Zusammenhang zu Murat bestehen könnte. Magdalena de Rosario und Nora La Binnak heißen die beiden verschwundenen Frauen."

„Magdalena kenne ich. Das ist die Tochter der Italiener im zweiten Stock. Sie ist in Murats Alter. Ein freundliches Mädchen. Ich hatte eigentlich die stille Hoffnung, Murat könnte sich für sie interessieren. Aber wie gesagt … Und Nora La Binnak habe ich vermutlich drei oder viermal auf der Straße gesehen. Sie ist wohl noch sehr jung und wohnt mit ihrem Mann zusammen im Erdgeschoss, allerdings noch nicht sehr lange. Mehr kann ich dazu aber nicht sagen."

„Kann ich mal kurz das Zimmer von Murat sehen", fragte Berwanger plötzlich. „Klar", war die Antwort. Frau Özgül stand auf und öffnete eine Tür. Berwanger betrat das normale Zimmer eines jungen Erwachsenen, das wie die gesamte Wohnung sehr aufgeräumt war. Sofort sah er, was er brauchte. Der Zufall kam ihm zu Hilfe, da in der Wohnung ein Telefon klingelte. Berwanger bedeutete Frau Özgül, sie könne ruhig drangehen. Sie verschwand, um das

Gespräch entgegenzunehmen und gab Berwanger damit genug Zeit, die Haarbürste auf dem Nachttisch von Murat Özgül einzustecken. Diese würde genug Material für einen DNA-Abgleich hergeben. Natürlich hätte er Frau Özgül auch nach solchem Material fragen können, aber das wäre unbarmherzig und zu diesem Zeitpunkt auch absolut unnötig gewesen. Denn vielleicht gehörte der männliche Unterschenkel ja doch einem anderen. Berwanger hoffte es, doch sein Gefühl sagte ihm etwas anderes.

Auch bei den De Rosarios im dritten Stockwerk öffnete eine kräftige Frau, doch bevor Berwanger seinen Spruch aufsagen konnte, verschwand sie schon wieder in der Wohnung und rief: „Antonio, für dich". Ein schlanker Mann in Feinrippunterhemd kam an die Tür und schaute fragend. Die Erkenntnisse, die Berwanger bei seinem Besuch sammelte, ähnelten denen, die er in der Wohnung der Özgüls gewonnen hatte. Es sei überhaupt nicht Magdalenas Art, einfach so zu verschwinden, einen aktuellen Freund habe sie auch nicht und außerdem habe die von der Familie betriebene Pizzeria jetzt ein Personalproblem, weil Magdalena sich ihr Studienbudget mit der abendlichen Schicht als Kellnerin aufbessere. Papa Antonio war sichtlich stolz auf seine Tochter und ebenso besorgt. Auch hier brachte es Berwanger nicht übers Herz, direkt nach Material für einen DNA-Abgleich zu fragen. Außerdem sprach er das Thema der anderen Vermissten im Haus nicht an. Er hatte das Gefühl, er könne mit einem einzigen unbedachten Satz die Welt des italienischen Ehepaars zum Einsturz bringen. Wenn die Dinge so lagen, wie er befürchtete, würde sich das ohnehin nicht vermeiden lassen. Er ließ aus Magdalenas Zimmer eine Haarspange mitgehen, an der noch ein paar Haare eingeklemmt waren und hoffte auch hier, dass der gefundene Unterarm zu einer anderen Frau gehörte.

Als die Türe mit dem Namensschild La Binnak im

Erdgeschoss geöffnet würde, wusste Berwanger sofort, dass seine Hoffnung sich wohl nicht erfüllen würde. Denn der junge Mann, etwa Anfang zwanzig, der nun im Türrahmen stand, war eindeutig maximal pigmentiert und gleiches erwartete Berwanger nun auch von der vermissten Frau. Eigentlich hätte er das ja bereits wissen können, aber offenbar hatte er sich die Vermisstenanzeige nicht besonders gründlich angeschaut.

„Berwanger, Kripo Saarbrücken. Ich komme …“ – „Ah, wegen meiner Schwester. Sie wird vermisst“, sagte der junge Mann. „Ich war letzte Woche bei Ihnen, um das zu melden.“ Er gab Berwanger die Hand. Er wirkte weich und verletzlich, fast ein bisschen mädchenhaft und trug eine geflochtene Basthaube mit knopfbesetztem Riemen, aufgesetzten Muscheln und einer Spitze aus Horn und Tierhaar. Dazu trug er einen Boubou, ein weites Kleidungsstück, das wie eine lange, wallende Tunika wirkte. „Tatsächlich ein Multikulti-Haus“, dachte

Berwanger und wunderte sich darüber, dass auch der junge Mann fast akzentfrei Deutsch sprach. „Ach ja, ich habe mich noch gar nicht vorgestellt, Aron La Binnak.“

Er bat Berwanger herein und der betrat die Wohnung und damit eine andere Welt, in der es intensiv nach Kräutern und Gewürzen roch. Berwanger schnupperte und schaute dann den jungen Schwarzen an. „Was ist das für eine Kopfbedeckung, die Sie da tragen?“, fragte er interessiert. „Ach, das“, Aron lächelte, eine alte Tradition in meiner Heimat. Ein Kopfschmuck von Mitgliedern der Bwame-Gesellschaft im Kongo. „Da kommen Sie her?“, fragte Berwanger. „Nein“, antwortete der junge Mann. „Ich bin in Deutschland geboren, aber meine Mutter starb bei der Geburt. Meine Schwester und ich wurden adoptiert, von weißen Eltern, oder wie es jetzt so schön heißen müsste: von minimal pigmentierten Eltern. Aber irgendwann sucht man natürlich nach seinen Wurzeln. Deshalb sieht es hier auch so aus, wie es aussieht.“

„Und deshalb sprechen Sie besser Deutsch als so mancher Eingeborene hier“, schmunzelte Berwanger. „Natürlich“, Aron schaute etwas irritiert. „Deutsch ist meine Muttersprache, na ja, Adoptivmuttersprache, um genau zu sein. Und polnisch ist meine Adoptivvatersprache. Da kommt auch mein Name her. Ich bin in Berlin aufgewachsen. Mein Vater war Diplomat.“ Sie gingen durch den Flur in ein Wohnesszimmer, in dem es nach fremden Gewürzen und warmem Essen roch. „Würden Sie mir ein paar Dinge über ihre Schwester verraten? Vielleicht hilft uns das bei der Suche“, bat Berwanger. „Und vielleicht haben Sie auch noch ein paar Fotos für mich.“ Der junge Mann nickte: „Ich habe gekocht und das Essen soll nicht kalt werden. Es gibt eine Tradition bei uns, Fremde zum Essen einzuladen, wenn sie zur Essenszeit das Haus betreten. Würden Sie mit mir essen?“

Berwanger musste unwillkürlich an sein Schnitzel im Kühlschrank seiner Wohnung denken. Aber hier roch es auch geradezu verführerisch. Und Berwanger probierte gerne Neues aus, besonders fremde Kochkünste. Und das versprach eine besondere kulinarische Erfahrung zu werden. So nahm er die Einladung gerne an.

„Meine Schwester“, begann Aron zu erzählen, „ist sehr selbständig und war beim Abitur Jahrgangsbeste. Und sie ist abenteuerlustig. Deshalb habe ich mir auch zunächst nichts dabei gedacht, als sie ein paar Tage weg war. Aber nach einer Woche fand ich das dann schon merkwürdig. Sie hätte ja etwas von ihren Plänen verraten können.“

„Sie machen sich also wirklich Sorgen“, nahm Berwanger den Faden auf und wusste, dass sein Gegenüber dazu allen Grund haben sollte.

„Ja und nein“, antwortete La Binnak und schien kurz nachzudenken. „Auch meine Schwester sucht stark nach unseren ursprünglichen Wurzeln. Darüber kann man die Zeit und die europäischen Gepflogenheiten glatt vergessen. Ich glaube, das haben wir so im Blut."

Berwanger schaute den jungen Mann fasziniert an. Er hatte zweifelsohne Ausstrahlung. Wenn er den Mund öffnete, standen strahlend weiße Zähne im größtmöglichen Kontrast zur Hautfarbe. Sein Lächeln war einnehmend, und er hatte, was Berwanger bei einem jungen Menschen eher außergewöhnlich fand, eine enorme Stilsicherheit. „Was essen wir da eigentlich?", fragte der Hauptkommissar, während er noch einmal einen Nachschlag auf seinen Teller häufte. „Einen traditionellen kongolesischen Eintopf. Fleisch findet zwar in der schwarzafrikanischen Küche nur relativ selten Verwendung, aber wenn, dann wird es mit unterschiedlichen regionalen Gemüsearten als Eintopf serviert. In diesem Fall sind die regionalen Gemüsearten aus Lisdorf. Das Einzige, was diesen Eintopf nach Kongo schmecken lässt, sind die Gewürze. Aron La Binnak lächelte sein strahlendes Zahnweißlächeln.

„Kreuzkümmel, Chili, Koriander und Ingwer

schmecke ich deutlich“, analysierte Berwanger. „Paradieskörner, Sesam, Tamarinden, Kurkuma und Bockshornklee sind auch dabei“, ergänzte Aron. „So schmeckt Afrika.“

„Wir machen uns auch Sorgen“, nahm Berwanger den Faden wieder auf, denn er war sich die ganze Zeit bewusst, dass sein Besuch nicht dem kulturellen Austausch galt, sondern, dass er einen knallharten Fall am Bein hatte. „Wissen Sie, die meisten Vermissten tauchen innerhalb eines Monats wieder auf. Und nur ganz selten wird ein Fall über Jahre nicht geklärt. Aber diesmal ist die Sache schon sehr merkwürdig, denn aus diesem Haus wurden in der vergangenen Woche gleich drei Personen als vermisst gemeldet.“ Berwangers Gegenüber zeigte keine sichtbare Reaktion und der Hauptkommissar fuhr fort: „Es ist nicht bewiesen, aber man braucht nicht viel Fantasie, um hier einen Zusammenhang zu sehen.“ Berwanger verschwieg auch hier bewusst, was der eigentliche Anlass seiner Ermittlungen war.

Aron dachte nach, und seine weichen Gesichtszüge schienen sich ein wenig zu verspannen. „Sie meinen, drei Menschen aus diesem Haus. Wer sind die anderen?“ Berwanger antwortete und Aron dachte erneut nach. „Also drei relativ junge Menschen aus einem Haus. Das ist wirklich merkwürdig. Ich glaube nicht, dass meine Schwester die anderen beiden kannte. Wir wohnen ja noch nicht lange hier, und sie hatte eher Kontakt zu Leuten von der Uni. Aber jetzt sind ja Semesterferien.“

„Hat ihre Schwester einen Freund oder sonst jemanden, der mir eventuell noch weiterhelfen könnte?“, fragte Berwanger.

„Sie hat mich“, sagte Aron La Binnak und hinterließ bei Berwanger mit dieser Antwort eine seltsame Schwingung, die dieser zunächst nicht einordnen konnte. Er bat darum, auch hier das Zimmer der Vermissten sehen zu dürfen, fand auf dem Kopfkissen tatsächlich ein Haar und sicherte auch diesen Fund diskret, so dass sein Gastgeber nichts bemerkte.

Dann verabschiedete sich Berwanger mit den Hinweisen, vermutlich bald wiederzukommen und natürlich alles zu tun, um den Fall schnell aufzuklären.

Als er das Haus verließ, hatte er ein flaues Gefühl im Magen. Außerdem hatte er vergessen, ein Foto von Nora mitzunehmen. Er würde ohnehin wiederkomme müssen. Und vielleicht hätte er auf den Nachschlag beim kongolesischen Eintopf doch besser verzichtet. Er ging ein paar Schritte, bis er außer Sichtweise war, und rief dann seinen Kollegen Diefenbach auf dem Handy an.

„Ich habe von allen drei Vermissten DNA-Material. Ich bringe es gleich in die Kriminaltechnik und mache Druck, damit wir schnelle Ergebnisse bekommen. Wobei der Befund bei Nora La Binnak negativ ausfallen wird.“ – „Warum?“, fragte Diefenbach. „Sie ist eine Schwarze, und gefunden haben wir bislang …“ – „… nur weiße Körperteile“, ergänzte Diefenbach. „Wollen wir hoffen, dass es bei den bisher gefunden Teilen bleibt.“ - „Ja, aber ich fürchte …“, Berwanger brachte den Satz nicht zu Ende. Es war auch alles gesagt. Diefenbach berichtete noch kurz, dass seine Ermittlungen nur auf tote Gleise geführt hätten und die beiden Hauptkommissare beschlossen, ihre Konzentration nun ganz auf die drei Vermissten aus der Rotenbergstraße zu konzentrieren.

Im Kommissariat war der Geruch des Desinfektionsmittels deutlich weniger geworden, so dass Berwanger und Diefenbach beschlossen, noch einmal die vorhandenen Akten zu studieren. Die Kriminaltechniker hatten den Hauptkommissaren versprochen, bis zum späten Abend Ergebnisse zu liefern. Spätestens am nächsten Morgen zum Dienstbeginn würden sie Gewissheit haben, ob die eingesammelten Haare zu einem Arm oder Bein passten. Auch einen routinemäßigen Abgleich der Vermisstendaten mit dem Melderegister gaben Berwanger und Diefenbach noch in Auftrag, dann beschlossen sie, dass der Arbeitstag zu Ende war und gönnten sich ein Feierabendbier. Als Berwanger müde in sein Bett fiel, merkte er es. Die merkwürdige Schwingung, die er bei Aron La Binnaks letzter Bemerkung gespürt hatte, war immer noch da. Verunsichert schlief er ein.

***

Die Ergebnisse waren eindeutig. Arm und Bein hatten ihre Besitzer gefunden. Berwanger hatte damit gerechnet und überlegte nun, wann der richtige Zeitpunkt wäre, die Familien Özgül und de Rosario mit der schrecklichen Wahrheit zu konfrontieren. Berwanger war schon früh im Büro gewesen, weil er seit fünf Uhr nicht mehr schlafen konnte. Er war sich nicht sicher, ob das nun einer seit einigen Monaten zeitweise auftretenden senilen Bettflucht geschuldet war, oder ob ihn der aktuelle Fall nicht losließ. Die Verunsicherung vom Vorabend spürte er immer noch, das Gefühl, irgendetwas zu übersehen, war permanent vorhanden. So saß er nun schon seit zwei

Stunden im Büro als auch Diefenbach dazukam, in der Hand ein paar Blätter Papier. „Hier ist der Abgleich der Vermisstenanzeigen mit den Meldelisten. Alles wie erwartet bis auf eins.“ Berwanger blickte auf, erwartungsvoll. Diefenbach kratzte sich mit der freien Hand am Kopf und fuhr fort: „In der Rotenbergstraße ist nur Nora La Binnak gemeldet, aber kein Aron. Könnte es sein, dass Aron nur zu Besuch bei seiner Schwester ist?“ In Berwangers Kopf begannen die Gedanken zu kreisen und an Geschwindigkeit zu gewinnen. War ihm Aron nicht von Anfang an sehr weich vorgekommen, fast weiblich? War seine Kleidung nicht so gewählt, dass sich darin auch weibliche Formen mühelos verbergen ließen? Er hatte eine Antwort auf seine Verunsicherung gefunden. Es gab Aron gar nicht, es gab nur Nora. „Aron ist Nora“, sagte er nur und Diefenbach schaute ungläubig: „Wieso das jetzt?“ – „Mensch Leon! Wir können uns jetzt die Mühe machen und nachforschen, ob Aron vielleicht woanders gemeldet ist. Aber ich bin mir sicher. Nora hat mit uns gespielt. Ihr Name ist ein Anagramm, verstehst du, sie hat ihn nur umgedreht und ihren Bruder erfunden. Nora – Aron." – „Mist, gerade ich hätte da auch drauf kommen können", sagte Leon Diefenbach. „Also auf in die Rotenbergstraße."

Die Haustür hatte offen gestanden. An der Wohnungstür klingelten sie dreimal. Niemand öffnete. Dafür kam ein älterer Herr die Treppe hinunter, schaute kurz und meinte: „Sie wollen zu den beiden Negern? Die sind heute Morgen in aller Frühe weg." Berwanger war es völlig egal, dass Heinz Müller, nur um ihn konnte es sich handeln, die political correctness offenbar schnurz war. „Beide? Sie haben beide gesehen?", fragte er. „Ja, er hat gestern Abend noch das Auto vollgeladen, und sie habe ich heute Morgen einsteigen sehen. Na, das ist auch gut so. Die beiden haben sich ja nur gezofft. Endlich kehrt hier wieder Ruhe ein. Das ist ein anständiges Haus, wissen Sie?“

„Welch’ Inszenierung“, dachte Berwanger und glaubte nicht daran, dass hier der Zufall am Werke war. Nora La Binnak hatte peinlich genau darauf geachtet, gesehen und gehört zu werden, und zwar in der Rolle ihres fiktiven Bruders und dann als sie selbst. Und natürlich hatte sie auch etwas mit den beiden wirklich Vermissten zu tun. Was, das würden sie herausfinden, dachte Berwanger, als er die Fahndung nach Nora La Binnak herausgab. Nun brauchten sie noch die richterliche Genehmigung, die Wohnung öffnen zu lassen. Am Nachmittag war es soweit.

Als Berwanger und Diefenbach die Wohnung betraten, rochen sie es sofort. Die Wohnung war noch möbliert, aber alle Hinweise auf Afrika waren verschwunden, ebenso wie der Geruch nach Kräutern und Gewürzen. Er hatte einem Geruch Platz gemacht, den Berwanger und Diefenbach kannten, weil er die beiden Hauptkommissare die letzten zwei Wochen im Büro begleitet hatte. In einem Topf lagen Fleischstücke in Würfelform. Berwanger vermutete, dass dieses Fleisch auch Grundlage des leckeren kongolesischen Eintopfs war, den er gestern hier noch kredenzt bekommen hatte. Berwanger bekam ein mulmiges Gefühl. Aus dem Wohnzimmer hörte er die Stimme Diefenbachs: „Hier ist was für dich.“ Diefenbach hielt ein Kuvert in der Hand auf dem der Hinweis stand: „Für C. Berwanger“ fast fürchtete sich der Hauptkommissar, den Umschlag zu öffnen. Was er Diefenbach jetzt vorlas, sollte sein Leben für immer verändern.

„Verehrter Herr Berwanger. Verzeihen Sie mir, dass ich Sie ein wenig an der Nase herumführen musste. Sie werden vermutlich herausgefunden haben, dass Aron und Nora manchmal nur eine Person sind, manchmal aber auch nicht. Unser Therapeut behauptet da seltsame Dinge. Wir glauben aber, dass er sich irrt. Wir sind seit der Geburt zwei. Und auch wenn die Hebamme behauptet, einer sei gestorben, so stimmt das einfach nicht. Anyway: Auch die restlichen Zusammenhänge werden Sie herausfinden. Nur soviel: Murat und Magdalena sind sich zu nahe gekommen. Das hat weder mir noch Aron gefallen. Ich wollte Murat für mich und Aron Magdalena für sich allein haben. Und das haben wir ja jetzt auch. Sie können mich jetzt natürlich fragen, warum ich es so inszeniert habe, dass Sie auf meine Spur kommen. Jeder Jäger will auch mal Gejagter sein. Das macht es interessanter – für mich!

Ich könnte nun schreiben: Auf Wiedersehen. Aber das wäre weder für Sie noch für mich angenehm. Also: Leben Sie wohl. Nora La Binnak. PS: Anagramme sind meine zweite Leidenschaft“

Diefenbach formte stumm ein Wort auf seinen Lippen und Berwanger wurde bleich. Dann stürzte er sich zum Fenster, riss es auf und erbrach sich auf den Bürgersteig. Der vor dem Haus absichernde Uniformierte konnte gerade noch zur Seite springen. Nora La Binnak blieb verschwunden. Und Berwanger isst seit diesem Tag vegetarisch …

Die Autoren

Elke Schwab,

ist am 3.6.1964 in Saarbrücken geboren und in Saarlouis aufgewachsen. Sie fühlt sich dem Saarland stets eng verbunden, egal, wohin es sie auch verschlägt. Nach der Grundschule in Picard hat sie das Gymnasium in Saarlouis bis zur Mittleren Reife besucht. Anschließend hat sie über zwanzig Jahre im Sozialministerium in Saarbrücken in der Abteilung Altenpolitik gearbeitet. Die Nähe zu Frankreich hat sie genutzt und sich ein altes Bauernhaus gekauft. Dort lebt sie mit ihrem Lebensgefährten, ihren Pferden, ihrem Esel und ihren Katzen.

Eine ihre Hauptfiguren ist der Hauptkommissar Kullmann, der sich vom aktiven Kommissar zum Rentner und Ersatz-Opa mit beratender Funktion für die Polizei gemausert hat. Sein Schützling, eine junge Kommissarin und alleinerziehende Mutter, greift gern auf seinen reichen Erfahrungsschatz zurück, womit die Autorin die sogenannte „Wahlfamilie“ immer wieder in ihre Handlungen mit einbaut.

Weiterhin gibt es eine Serie mit Lukas Baccus und

Theo Borg. Mit diesen beiden Hauptfiguren sind ihr zwei übermütige Kriminalkommissare gelungen, die mit lockeren Sprüchen und viel Mut spektakuläre Fälle aufklären.
Im Februar 2013 gewann die Autorin auf der Saarländischen Buchmesse „HomBuch“ den Saarländischen Autorenpreis in der Kategorie „Krimi“.
Mehr unter: www.elkeschwab.de

Angelika Lauriel,

geboren im Saarland, studierte Übersetzen und Dolmetschen Englisch/Französisch. Immer schon fasziniert von spannenden und gut erzählten Geschichten, begann sie mit dem Schreiben, als ihre drei Söhne aus den Windeln herausgewachsen waren.
Sie schreibt Kinder- und Jugendromane - fantastische, kriminalistische und romantische. Außerdem schreibt sie zeitgenössische Romane für Erwachsene. Sie ist Mitglied im renommierten Autorenforum Montségur und im Kinder- und Jugendbuchforum “Schreibwelt”. Angelika Lauriel lebt mit ihrem Mann, ihren Söhnen

und der Französischen Bulldogge Banou im Saarland. Mehr unter: www.angelikalauriel.de

Martin Frohmann,

geboren 1963 im Saarland und seitdem hier ansässig, schreibt in verschiedenen Genres. Z.B. erscheint demnächst eine Fantasyanthologie mit einer seiner Kurzgeschichten.
Unter dem Namen Jonathan Philippi publiziert er die Jugendbuch- (Krimi-) Serie „Mary Island!“. Seine Liebe zu handfesten Kriminalromanen haben saarländische Autoren wiedererweckt. Als Unternehmensberater reist er um die halbe Welt: USA, Asien, Naher Osten, Europa. Während dieser Reisen nutzt er die Wartezeiten und die langen Nächte in Hotels, um seine Geschichten zu Papier zu bringen. Meist sind sie in den Metropolen der Welt angesiedelt oder in den USA. Für das Saarland:Krimiland zeigt er, dass es auch direkt vor der Tür Verbrechen gibt ... und gewiefte Polizisten.
Er lebt mit seiner Frau und drei Kindern in Riegelsberg. Mehr unter: www.jonathan-philippi.de

Heinz Draeger,

Der Autor H. Draeger, 1956 in Saarlouis geboren, gelernter Verwaltungsangestellter, war unter anderem Mitglied der US Streitkräfte - stationiert in Kaiserslautern, Miesau Army Depot, Ramstein Air Base.
Nach seiner Tätigkeit für den Begleit- und Personenschutz im In- und Ausland fanden sich seine ersten Kontakte zur Fremdenlegion.
Seit einigen Jahren ist er Mitglied der Amicale Mannheim, dem größten Verein ehemaliger Fremdenlegionäre in Deutschland.
Zum Schreiben ist der Autor über den saarländischen TATORT gekommen, bei dem er als Assistent der Set-Aufnahmeleitung mehrmals tätig war.
Heute ist er Schriftsteller aus Leidenschaft und hat sich u.a. vorgenommen, die Traditionen der Fremdenlegion bekannter zu machen, was er in seinen Krimis durch den Personenschützer und ehemaligen Fremdenlegionär Jean Claude Durand und seinen Helfern zum Ausdruck bringt.
Im August 2012 erschien sein erster Krimi bei epee-edition aus Kehl am Rhein mit dem Titel „DURAND-Rache ist nicht nur ein Wort".

Seit dem 15. April 2013 ist nun der zweite Krimi der DURAND-Reihe erschienen.
Die Örtlichkeiten der Handlungen sind sowohl im Saarland, aber auch dem benachbarten Frankreich angesiedelt. Die Ereignisse und deren Ablauf und Aufklärung sind in einer Mischung aus saarl. TATORT und den Helden aus der Fernsehserie A-Team, so dass man mit einer Menge Spannung und Action rechnen kann.
Mehr unter: www.heinz-draeger.de

Christian Bauer,

Jahrgang 1963. Im Erstberuf Pfarrer, wechselte er 2001 als Moderator und Planer zum Hörfunk des Saarländischen Rundfunks.
2007/2008 war er Stellvertretender Sprecher der ARD.
Seit 2009 Redakteur beim SR-Fernsehen, zuständig u.a. für den Tatort und Debütfilme. Spezialist für den deutschen Nachwuchsfilm, gehört zum Auswahlbeirat des Max-Ophüls-Filmfestivals und des Günter-Rohrbach-Preises. Außerdem schreibt er, was er auch gerne liest: Krimis. Wenn er nicht arbeitet oder

schreibt, kümmert er sich um seine Frau, seine zahlreichen Söhne und genau eine Tochter.
Mehr unter: http://www.simarek.de

Mehr unter:

www.UlrichBurgerVerlag.de

und

http://saarlandkrimiland.wordpress.com/

Der neue Elke Schwab-Roman:

Sie sieht was ...
aber da ist niemand
… Sie hört was …
… aber da ist nichts …
Ihr Kind verschwindet ...
nur sie merkt es …
Sie weiß, wer ihr Feind ist …
aber niemand glaubt ihr …

Eine Leiche treibt durch die Bucht von Rovinje. Eigentlich wollte Anke Deister nur einen erholsamen Urlaub zusammen mit ihrer Tochter, ihrem ehemaligen Chef und Mentor Norbert Kullmann, Hauptkommissar a.D., und seiner Frau in Kroatien verbringen. Doch ohne es zu ahnen, sticht sie in ein Wespennest – ein Fehler, der in diesem fremden Land ungeahnte Folgen hat. Ein nicht greifbarer Gegner verfolgt sie bis ins Saarland. Auch dort hören die bösen Überraschungen nicht auf …

Ab November 2013 erhältlich

„Urlaub mit Kullmann“
ISNB: 978-3-943378-12-2